U0117064

5分钟训练幼犬

[美] 米丽娅姆·菲尔茨-巴比诺 著

包汇慧 译 刘天龙 校

科学普及出版社

·北 京·

图书在版编目（CIP）数据

5分钟训练幼犬/(美)菲尔茨-巴比诺著；包汇慧译，刘天龙校.—北京：科学普及出版社，2009

ISBN 978-7-110-06767-3

Ⅰ.5... Ⅱ.①菲... ②包... ③刘... Ⅲ.犬—驯养 Ⅳ.S829.2

中国版本图书馆 CIP 数据核字（2008）第 139370 号

著作权合同登记号：图字：01-2008-5545 号

Copyright © 2005 BowTie Press.

Copyright of Chinese Simplified Translation © 2007 by Portico Inc. together with the following acknowledgment.

本书中文简体字专有使用权归科学普及出版社所有

策划编辑	肖　　叶
责任编辑	金　　蓉
封面设计	回廊设计
责任校对	张 林 娜
责任印制	安 利 平
法律顾问	宋 润 君

科学普及出版社出版

北京市海淀区中关村南大街 16 号　　邮政编码：100081

电话：010-62103210　　传真：010-62183872

http://www.kjpbooks.com.cn

科学普及出版社发行部发行

北京金盾印刷厂印刷

*

开本：720 毫米×1000 毫米　　1/16　　印张：8　　字数：140 千字

2009 年 1 月第 1 版　　2009 年 1 月第 1 次印刷

ISBN 978-7-110-06767-3/S·448

印数：1-8000 册　　定价：39.90 元

作者简介

米丽娅姆·菲尔茨–巴比诺，从 1978 年就开始从事专业训犬和其他动物的工作。她从事并经营动物训练及动物艺员无限责任公司长达 25 年。她教导人们如何与不同年龄和品种的犬，特别是需要解决行为问题的犬进行交流。

菲尔茨–巴比诺著有多部和动物有关的著作，包括《用笼头训练犬》（巴伦教育丛书公司）、电子版《如何成为一名专业训犬师》（intellectua.com）、《基本训犬法》（斯特林出版有限公司）等。她还为商业杂志写了大量文章，如极富盛名的《off–lead 杂志》和《骑师实践手册》。她也制作了一些视频，如解说如何为刚出生的幼犬做准备工作的《初次见面》，以及演示怎样利用她创立的笼头方法训犬、做一个轻松训犬师的《轻松训犬师训犬法》。

菲尔茨–巴比诺还为电视、电影及广告拍摄提供了大量宠物。她曾与国家地理、动物王国、历史频道、华纳兄弟娱乐公司、奥利安经典电影公司、探索频道、CBS、家庭频道以及其他机构合作。在不需要训练其他宠物时，她会在全国旅游，进行赛犬和赛马表演，同时也会展示她训猫的技巧。

作者米丽娅姆·菲尔茨–巴比诺与金毛猎犬幼崽在一起。

目录
Contents

5分钟训练幼犬

Training Your Puppy in 5 Minutes

快速、简捷、人性化的训犬方法

忙碌的幼犬总是快乐的。牵着幼犬在公园中漫步是一种非常好的运动，处在成长期的幼犬不应从事紧张的、影响其发育的活动。

引 言

大多数犬的主人认为每天需要花费大量时间训练他们的幼犬。每次训练，他们都试图和幼犬一起呆上二三十分钟，然而却要接受幼犬的注意力仅仅能维持 5~10 分钟这个现实。当幼犬对主人失去兴趣后，主人就会感到非常失望。

许多训犬师是在幼犬 4~6 个月大时才开始训练幼犬的。训犬师认为在这以前，犬是学不会什么的。甚至有许多兽医这样认为：只有在犬达到青年或成年期时才能开始训练。他们认为集中注意力的时间太短意味着学习能力有限。

事实上，犬从一出生就开始学习了。它们学习如何获取食物，什么样的气味和声音信号意味着喂食的时间，以及如何向它们的妈妈索要食物。可能大部分行为出于本能，但更多的是从经验和失败中学来的。

应当在幼犬来到新家的第一天就

开始正式训练。

有责任心的饲养者会在幼犬断奶的当天就开始对它进行训练。幼犬开始学习在提示下到它们的食盆前。如果给幼犬提供固定的地点，许多幼犬还能学会在指定地点大小便。让幼犬多接触不同的刺激，这样可以预防恐惧行为。即使幼犬无法从饲养者那里学到这些，也会从母犬、同胞兄弟姐妹或是周围环境中学会这些行为。

新主人在开始对幼犬进行训练前，不应该给它适应新环境的时间。否则，只会令幼犬形成一些不良行为，在以

后的日子里它们会为以前被允许的那些行为而受到惩罚。这对幼犬来说是不公平的。它们为什么要因为破坏了刚开始从来没有真正学到的规矩而受到惩罚呢？

幼犬到来的第一天就要开始制定规则。幼犬在两个月大时就完全能够学会一些基本的命令。在三个月大时，它们的大脑就已经发育完善，完全具备了学习能力。实际上，幼犬的大脑可以像海绵一样吸收周围的刺激。在这一时期，它们希望和新的群体成员（它们的主人）待在一起，也很少会离

大多数幼犬很快就学会到它们的食盆前，确切地说是跳进食盆！

每一位幼犬的主人都要面对一个挑战，就是如何保持幼犬的注意力。玩具是使幼犬的注意力回到主人这里的好方法。

主人太远。

开发和强化这些早期行为，可以预防将来的行为和训练出现问题，并培养幼犬积极的训练态度。从一开始就要贯彻这种训练方法，即采用易懂的沟通方式，而且和幼犬共处的时间每天增加 5 分钟，这样，您的幼犬最后就会养成良好的行为习惯，并且在任何情况下都能很快学会正确的行为。

本书将讲述怎样利用技巧来和幼犬沟通相处。您也能学会如何利用幼犬短暂的注意力，以及在 5 分钟的训练时间内完成新的行为学习。

该书介绍了常见的幼犬行为问题、全面的幼犬护理、幼犬训练及如何预防将来可能出现的行为问题。这些训练方法都建立在正面强化的基础之上，强化手段包括食物奖赏、玩具、抚摸以及表扬。这些方法会促使幼犬在玩耍游戏中完成特定的行为。我们相信本书中的这些训练方法能够帮助您将爱犬训练成行为良好的犬，它会在未来的日子里给您带来无限欢乐和珍贵的友谊。

祝训练快乐！

一只幼犬就是一个新的家庭成员，就像是一个新生婴儿，或者对孩子来说是一个新的兄弟姐妹。

了解您的幼犬

拥有一只幼犬就如同将一个新生婴儿带回家中。幸运的是，养一只幼犬，您不需要经历艰难的怀孕期，也不会有分娩的痛苦，除非您同时饲养了母犬。但是这也不得不使您的生活有一点改变，您需要花些时间使您的幼犬变成行为良好的家庭成员。当您思考作为一个幼犬的主人意味着什么的时候，您就会注意到每个人都有不同的观点。更麻烦的是，每个人的观点甚至是相互冲突的。您应该采纳谁的建议呢？什么是正确的做法呢？

饲养犬的方法有很多。犬，富有才能，忠诚而宽厚。犬，很少会怨恨，而且它们愿意学习。有句古谚说："老狗学不了新把戏。"这句话只适用于那些思想守旧的人，并不能真实反映犬的本质。最好的建议是：解放思想，提出问题，大胆尝试。任何对您和您的幼犬起作用的方法都可以使用。

有许多方法可以帮助您养好这个新来的"四条腿"的"孩子"。首先就是要保持一贯性，始终用同样的方法进行训练。犬是有惯性的动物。如果您能自始至终地保持一种方法，那么不管您在哪儿或是在您的身边发生了什么，您的幼犬都能很快学会而且非常服从。第二点，遵循3P训练法：耐心（patience）、恒心（persistence）、表扬（praise）。使用3P训练法会让您得到期望的效果。

幼犬保持注意力的平均时限大约是5分钟，有的长些，有的短些。不过幼犬的注意力时限也有可能被提高，如果您可以每次和幼犬一起训练5分钟，然后休息一会儿，那么就极有可能成功。每天这样做几次就会得到您所希望的效果。您的幼犬会喜欢上训练并且慢慢地会延长注意力时限，很快就能完成您为幼犬制定的所有目标。

您也许会问："我的幼犬怎样能在5分钟内学会它所要学的呢？"很简

整个家庭都应为幼犬投入精力，照料它，所训练的内容应保持一致。

单，使用本书中列出的技巧，您就会成功。

保持一贯性，有耐心，坚持不懈。不论何时，在幼犬做对的时候，即使它只做对了一点点，也要表扬它。

犬成为世界最流行的宠物之一，其中的一个原因就是它们能力很强。它们能在任何环境中学会生存，同时也是最具有社会性的、最聪明的动物。如果您花些时间和它们相处，给它们做出正确的引导，不久您就会拥有一个适合您和您的生活方式的伙伴。

尽可能多地了解幼犬的来源，例如它的父母（以及饲养者）、早期教育（它出生和成长的地点）、医护记录和营养状况，了解这些都有助于幼犬融入您的生活。不同的饲喂会决定犬的某些特定行为模式以及生理需求的不同。虽然也有例外，但这一规律还是具有一定的普遍性的。如果您从一位有责任心的饲养者那里得到幼犬，那么它很可能就是纯种的健康幼犬，而且它的行为特征可以帮助您预测它的行为并避免产生误解。让我们来了解

一下以 AKC（American Kennel Club，美国育犬协会）分类为基础的不同类型的犬的常见特征。

组内共有行为

运动型犬

这一组包括指示犬、寻回犬、塞特犬、斯班尼犬，也包括威斯拉犬以及威玛犬，后面这两种犬是多用途的猎犬品种。运动型犬的饲养最早是为了帮助猎人打猎。它的作用有找寻、指示猎物以及追逐猎物。运动型犬用于特定的打猎条件和某些竞赛活动。该类型的犬都精力充沛，十分忠诚而且渴望运动。它们热爱人类和人类的活动。大多数运动犬都能成为优秀的家庭宠物，因为它们易于训练，而且喜欢和主人待在一起。但它们不适合于有 5 岁以下儿童的家庭，因为它们十分好动，可能会在无意间撞倒儿童。但是这类犬长大一些时，可以和稍年长的孩子相处融洽。

运动型犬通常非常友好，渴望成为家庭成员的一分子。如果将它们关在一个小地方太久或是让它们感到孤独，或是没有机会和其它犬或人类玩

金毛寻回犬是运动犬类的最好代表。它们活泼，喜欢在户外活动，而且不怕水。

最小的狩猎犬是小型腊肠犬。

要，它们可能会做出一些不好的行为。它们需要大量运动，并且不会像其他犬类那样太在意天气状况。实际上，大多数运动型犬曾被用于从水中衔回东西，因此，它们不明白为什么雨天不能出去玩。

最为流行的工作犬是西伯利亚雪橇犬。这种雪橇犬因顽强的耐力和对人类的无私奉献而闻名。

它们体力充沛，需要时刻关注它们的行为。如果您拥有一只运动型犬，那么您最好喜爱户外运动。

狩猎型犬

狩猎型犬是由早期的一些猎犬进化发展而来的。狩猎型犬包括气味追踪犬（如寻血猎犬和巴吉度猎犬，它们可以通过气味定位并捕获猎物）和视觉犬（如灵缇犬及爱尔兰猎狼犬通过视觉定位捕捉猎物）。它们专门用于定位追踪猎物，而很少用于寻回和指示猎物。这些猎犬经常会追踪形迹，不理会其它干扰事物，哪怕是它们的主人让它们回来。这类犬体力充沛，身体强壮，性格倔强，经常难以训练。但是这类犬不太好斗。它们需要长期的耐心训练，必须在早期让它们学习：不管是多么有吸引力的、能够引起兴奋的气味或是图像，在受到召唤时都要立即回来。视觉犬因其速度而闻名，它们能够在被放开的一瞬间冲出去。

当幼小的猎犬蹿上跳下、吠叫不停时，是十分可爱的，但这种行为在它成年后就没有那么可爱了。这类犬从一开始就要进行正确的训练，本书列出了一些修正训练的技

巧，以确保它能成为让你满意的伴侣。猎犬在年幼时充满活力，但是随着年龄的成熟，它会变得喜欢趴在您的脚边打瞌睡。大多数猎犬能和各个年龄段的儿童相处融洽。

工作型犬

这种类型的犬负责进行警卫、放牧以及拉重物、搜索救援等多种工作。它们可以适应任何气候，同时有极高的智力和工作能力。工作型犬如果完全融入家庭群体，它就能够成为极佳的宠物。不过，如果让它们独处时间太长，或是把它们拴起来，或是经常把它们关起来而没有任何交流，它们可能会变得具有攻击性。这类犬中有一些最初是饲养用来做战斗犬的，把它们放在儿童或是小型宠物身边可能会有危险，因为它们有极强的捕食本能。

和您的年幼的工作犬一起玩拔河游戏，听它低沉的吼叫可能会很有趣，但是在幼犬理解家庭等级制度并确定它在家庭中的地位之前，最好克制一下这类游戏。在不经意时让年幼的工作犬在这类游戏中获胜，会使它长大后在家庭成员面前过分自信。不过有

帕森拉塞尔㹴犬是一种体力充沛的小型㹴，因其机警、反应迅速以及群居而闻名。

些工作犬如果和孩子们一起成长，会相处得很好。您最好在孩子 10 岁以后再考虑拥有一只工作犬。这类犬中有许多品种都体型硕大，年幼的孩子很容易被这种身躯庞大、活泼好动的犬伤害，即使可能只是偶然的意外。

㹴类犬

㹴类犬是为狩猎小动物如啮齿动物、兔子以及狐狸而饲养的。㹴类犬意志坚韧且体力充沛，敢于反抗权威，

美洲斯塔福德夏㹴是一种"斗牛㹴"，属于㹴类犬。

吉娃娃是具有强烈个性的玩赏犬。

比其他犬类都易表现出攻击性。当被激怒时，它们不会轻易退却。不过它们的学习能力极强，如果给予正确的指导、社交及服从训练，它们会成为极佳的宠物。

因为狷类犬天生富有好奇心，所以应尽可能让它多参与其他犬或人类的群体活动。如果没有这种与外界的接触，它会变得对陌生人和其他动物有攻击性。千万不要对狷类犬发出的任何形式的低吼进行表扬，也要克制和它玩拔河类的游戏，这些都可能强化它捕猎的本能而带来危险。取物游戏是最有益的。同时，您也要进行从犬的嘴中取出东西，再用替代品进行替换的训练。如果允许它们偷东西和让它们拥有不允许触及的事物，狷类犬可能变得占有欲旺盛或有攻击性，必须教会它在您试图取走口中的东西时，让它松口。

玩赏犬

这类犬中的大部分是由其他几种犬进化而来的，它们的行为和远祖犬行为相似。玩赏犬很容易适应居住环境，因为它们的体型一般较小，也不需要太大的地方接受常规训练。很多玩赏犬会有家庭训练问题，但其中的原因并不是它们的性格过于顽固，而是因为人们对它们的溺爱，当然性格也是原因之一。如果不进行训练，玩赏犬很喜欢吠叫，如果它们得不到想要的东西，这种吠叫可能会加剧。

这些犬在幼年时或许是个小不点，不过它们仍然有极强的学习能力，能和体型较大的幼犬一样学会所有的事情。事实上，玩赏犬学习速度很快，

最流行和最受欢迎的玩赏犬之一是漂亮的约克夏狷，因其蓝色和棕褐色被毛而闻名。

这些毛绒绒的小家伙就是年幼的澳大利亚牧羊犬，属于牧羊犬类。澳大利亚牧羊犬对于农场主和宠物主人都是最好的选择，它们机智、聪明而且训练能力强，另外，在许多犬赛中都是顶尖的竞争者。

大麦町属于非运动型犬，无论它到哪里都能被认出。

它们完全能够在训练中进行相互交流。训练有素的玩赏犬是非常理想的伙伴。训练玩赏犬的其中一项工作就是治疗护理工作。这类犬的体型娇小，便于携带，并且很迷人。

牧羊犬

这类犬是最聪明的犬类之一。不过高智商并不意味着它们就能成为好的宠物。牧羊犬的精力也很充沛，所以需要经常刺激。这类犬在家中和年幼的孩子相处得不是很好，因为它们喜欢跟在奔跑的孩子后面，好像在牧羊一样，可能会将孩子撞倒。

牧羊犬在灵活性训练中一直是佼佼者。它们的高智商使它们很快就能学会通过障碍物，矫健的身手使它们能够快速而悠闲地完成整个训练。

非运动类犬

这些犬主要是作为伴侣犬，由于这些品种在体型、相貌、背景、能力以及性格方面都极不相同，因此人们很难对该品种的行为特征作出综合性总结。这类犬从小型的拉萨犬到大型的标准贵宾犬，体型、个性和类型皆有很大差异。

稀有品种

除了 AKC 分类的 7 类外，在美国和世界各地还有很多众所周知的稀有品种。实际上，这些品种的犬虽被认为是"稀有品种"，但是作为宠物却十分流行，都拥有热心的推崇者。虽然这些品种没有被归于某一类，但对它们仍能作出概括。当对这些品种进行研究后，您就会发现某些稀有品种是完全适合成为您的无价之宝。

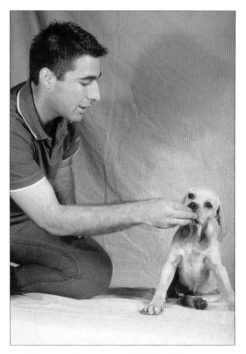

佩尔狄克罗葡萄牙犬（葡萄牙指示犬）被欧洲畜犬联盟归为第七类指示犬，但是在美国很少有人饲养。

15

幼犬基本性格测试

无论是当做玩取物游戏的伙伴，还是当做搜索救援的工作犬，您都是为了某一特定的目的而养犬的，那么应该让幼犬进行由约希姆和温蒂·沃哈德发明的幼犬反应测试（PAT），以检测它们是否拥有您所希望的潜能。如果您的家中有年幼的孩子、行动不便的家庭成员或是上了年纪的父母，这种测试也是很必要的。最重要的是幼犬是否适合您的生活方式。

PAT 测试环境应保持安静。前提是要避免吵闹、纷乱的事物和其他犬的干扰。为了保证结果有效，您必须让幼犬集中注意力。如果可能的话，在幼犬 5 周大时，安排幼犬的旧主人前来观看。在 7 周大时再次进行这些测试。这两个星期幼犬所做出的反应可能完全会改变结果。

PAT 评价行为包括：亲合力、随行能力、克制力、优势地位、统治权提升可能、取回能力、触觉敏感性、听觉敏感性以及视觉敏感性。PAT 的每一项测试都会帮助您对幼犬作为宠

在注意力测试中，测试者击掌以吸引幼犬的注意。

这只幼犬欣然上前并舔舐测试者的手。

物和完成特定任务的能力作出评价。

测试1：亲和力

将幼犬放在测试区，之后您从测试区的入口退后几米，尝试吸引它到您这边来。您可以击掌，蹲下来以邀请的语气呼唤它。

反应：

（1）欣然上前，兴致勃勃，跳起来，咬您的手。

（2）欣然上前，兴致勃勃，用爪子扒您的手。

（3）欣然上前，兴致勃勃。

（4）欣然上前，兴致不高。

（5）经过犹豫后才上前，兴致不高。

（6）根本就不过来。

测试2：随行能力

站起来，以通常的方式走开。不要跑或是慢走，要确定幼犬看到您的离去。这项测试的目的是测试犬随行注意力的水平。如果幼犬跟随，那么它就是合群的且乐意为您工作的犬。

反应：

（1）欣然跟随，兴致勃勃，来到脚边，并咬您的脚。

（2）欣然跟随，兴致勃勃，来到脚边。

（3）欣然跟随，兴致勃勃。

（4）经过犹豫后才跟来，兴致不高。

（5）根本不跟过来。

（6）走向相反的方向。

测试3：克制力

蹲下来，轻轻摇晃幼犬的背部，用一只手抓住它30秒以上。这样可以测试出幼犬支配或服从的倾向，而且统治权提升可能测试。

可以了解当它受到群体或生理压制时是如何反应的。

反应：

（1）剧烈挣扎，乱动，并且咬您的手。

（2）剧烈挣扎，乱动。

（3）安定，挣扎，安定并有一些目光接触。

（4）挣扎，然后安定下来。

（5）不挣扎。

（6）不挣扎，紧张，并避开目光接触。

测试4：优势地位

让幼犬站立，您蹲在它旁边，轻轻地从头向后抚摸它。不停地抚摸直到幼犬有明显的行为发生。这主要是测试幼犬接受群体优势的能力。幼犬可能会试图通过跳跃或打瞌睡表现支配权，或许它会不受控制并且走开。

反应：

（1）跳起来，用爪子扒挠，咬人，并且低声吼叫。

（2）跳起来，用爪子扒挠。

（3）抱住您，并试图舔您的脸。

（4）扭动身子，并舔您的手。

（5）翻过身子，并舔您的手。

（6）走开，并且远离您。

测试5：统治权提升可能

俯身从幼犬胸下面抬起它。手指交叉，手掌向上，将幼犬的前四分之一抬离地面。这样坚持30秒钟。这样可以测试幼犬在失控情形下是接受还是反抗。

反应：

（1）剧烈挣扎，咬人并且低声吼叫。

（2）剧烈挣扎。

（3）不挣扎，很放松。

（4）挣扎，安定，舔舐。

（5）不挣扎，舔测试者的手。

（6）不动。

测试6：取回能力

这是许多狩猎犬的天性行为，也是对工作犬最重要的一项测试，幼犬是否愿意接受身体挑战或能否找到迷路的人。另外，取回能力对大多数比赛用运动型幼犬也是很重要的。

蹲在幼犬旁边，用一个纸团吸引它的注意力，当它对此表现出兴趣并盯着纸团看时，将纸团扔在前方离它1.5~2米远的地方，您也可以尝试着扔出一个软球或是一块小骨头。

反应：

（1）追逐物体，跑开。

（2）追逐物体，使目标停下来，但没有取回来。

（3）追逐物体，并且取回物体。

（4）追逐物体，取回物体并放下。

（5）开始时追逐，但不一会儿就失去兴趣。

（6）根本不追逐物体。

在优势地位测试中抚摸幼犬。

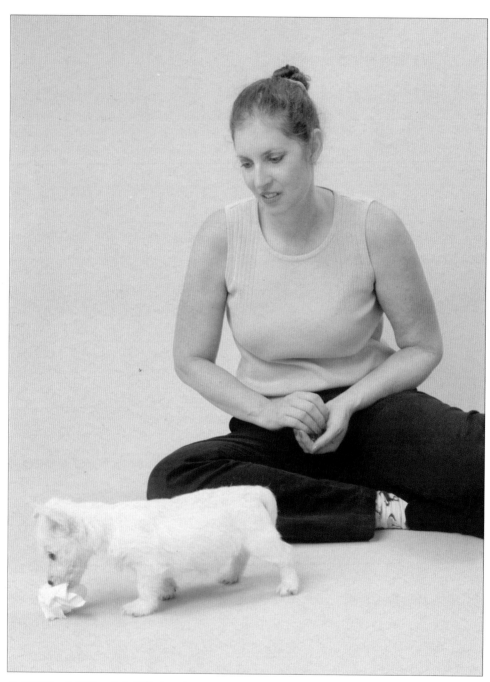

幼犬衔回一个纸团。有衔回的欲望说明幼犬具有一定的训练潜能，例如作为工作犬或比赛用犬。

测试7：触觉敏感性

这项测试的重要性在于对宠物进行医护时，您是希望将它送到宠物医院，还是在家照料。通常住院医师并不清楚如何以恰当的方法接近和拍抚来访的幼犬，要确保幼犬被触摸到敏感区时表现友好而不会受到惊吓。

抓住幼犬的一只前爪，用手指和手掌轻轻按压。慢慢地增加压力直到幼犬有缩回爪子或表现不舒服的反应为止。

反应：

（1）数 8~10 声数后出现反应。

（2）数 6~7 声数后出现反应。

（3）数 5~6 声数后出现反应。

（4）数 2~4 声数后出现反应。

（5）数 1~2 声数后出现反应。

（6）立即反应。

测试8：听觉敏感性

这项测试对治疗犬或是在技能比赛中表演的犬非常重要。对于有儿童的家庭，这项测试也很重要，因为幼犬经常会到处玩耍游逛，做些奇怪的举动。

将幼犬放在测试区中心，让其他

触摸幼犬的脚垫，测试触摸敏感区时它是否感觉舒服或不适。

人发出响亮、尖锐的声音，如丢一本书或一串钥匙。用大金属勺子敲打金属锅发出的声音也可以。

反应：

（1）聆听，定位，向声音发出处走去并吠叫。

（2）聆听，定位声音发出处并吠叫。

（3）聆听，定位声音发出处，好奇地向发声地走去。

（4）聆听，定位声音，但不向发声地移动。

（5）退缩，后退并躲藏。

（6）漠不关心，并不显得好奇。

在听觉敏感测试中，这只幼犬对叮当作响的钥匙表现出兴趣，而不是害怕。

测试9：视觉测试

这项测试可以让您了解幼犬对陌生事物的思维反应。将幼犬放在测试区中心用细绳绑住一条大毛巾或是玩具。在测试区内拉动它靠近幼犬。

反应：

（1）盯着物体看，攻击并撕咬。

（2）盯着物体看，竖起尾巴并吠叫。

（3）好奇地盯着物体看，并尝试探究一下或是同它玩耍。

（4）盯着物体看，吠叫，夹着尾巴。

（5）跑开并藏起来。

（6）无反应。

PAT 得分说明

PAT 得分解释如下：

多数反应为1：这种幼犬极具主导性，有攻击倾向。它的第一反应就是去咬，通常认为不适合于有儿童或是老人的家庭饲养。如果触觉敏感测试反应为1或2，那么这只幼犬会比较难训练。建议没有经验的饲养者最好不要养这种幼犬，它需要一个有经验的训犬师对它确立绝对优势地位并发出绝对指令。

多数反应为2：这种幼犬具有主导性，有可能因被激怒而咬人。它对严格的、自始至终的、公正的成年人家庭反应良好，一旦将主人尊为领袖

视觉测试：这只幼犬对玩具做出的反应是毫不迟疑地追逐。

接受主人为领袖。这类幼犬对任何工作和生活方式的人来说都是最佳选择。得分在此范围内的幼犬能够很容易地适应有儿童和这类情况的家庭。实际上，如果给它一些刺激性活动，例如敏捷性以及服从训练，取回游戏，会令它茁壮成长，并成为很好的表演犬或工作犬。

多数反应为4：这种幼犬很顺从，适合于大多数家庭，应有良好的家庭氛围不使它产生恐慌。时间和耐心是关键所在。它或许没有前一种幼犬活泼外向，但总体上来说它会和儿童相处得很好，而且很容易训练。这种幼犬最好是作为治疗用犬，因为它比较安静，更容易被那些身体不适的人接受。

测试过后，让幼犬放松并玩耍。

就有希望成为忠诚的宠物。但是这种幼犬通常都具有活泼外向的性格，对于家中有儿童、行动不便者或是老人的家庭，它或许就太活跃了。

多数反应为3：这种幼犬很容易

对待一个测试结果显示"不可靠"的幼犬。

24

多数反应为5：这种幼犬极为顺从，需要特殊调教使它建立自信。测试得分在此范围内的幼犬最好不要在有活泼儿童的家中饲养，但是对于只有成年人的安静家庭或是有老人的家庭很适合。它适应环境的能力不是很好，需要生活在稳定的环境中。饲养新手不要被它深情的目光所迷惑。这类幼犬需要耐心而正确的训练方法，因此，只有那些有经验的人能够饲养这种犬。

多数反应为6：这种幼犬十分独立。它感情冷漠，不喜欢拥抱。无论是作为工作犬还是宠物，或许都很难与它建立良好关系。这类犬不适合孩子们，也不适合没有饲养经验的主人。它适合生活在没有太多活动的安静家庭中。这类犬更喜欢趴在火炉旁边或是角落里，而不愿意出去玩游戏。它或许特别喜欢在林中散步，即使被牵引着。

在得分上有很多变化，表明有其他一些行为。例如，幼犬得分为"多数反应为2或3"，但是在克制力测试

幼犬现出胆怯的表情。

反应中为1，那么压力过大时它可能会咬人。如果独立的幼犬也有一些反应是5，它或许会躲避人或是在陌生人接近时站立不动。如果没有明显的得分模式，那么极有可能是幼犬对目前的处境不适应或太过紧张，那么您就很难对它的"正常"行为有一个清晰的印象。这种情况下，您或许应该几天后再进行测试。

对待一个测试结果为全面优秀的幼犬，它很乐意上前并服从安排。

从右爪开始

如果您是一位左撇子会怎么样呢？我也是左撇子。但是这不能成为不从右爪开始的借口。右爪将使您的幼犬变成令人难以置信的伙伴。右爪会保证您的幼犬健康长寿。不管您的大脑是哪一边起主导，在幼犬的训练中右爪应该是优先的。

在照顾新来的幼犬时需要考虑很

幼犬看起来太值得怜爱了，从现在开始让它的行为和它的样子一样可爱。

多事情。它必须有合理的营养、梳理、兽医护理，同时要特别注意它的身体状况。幼犬也必须有一些社交活动和恰当的智力刺激。这些会使它成长为健康快乐的犬。

为幼犬到来做准备

您须要在家中为新来的幼犬做些准备。在一段时间内您也须要对您的生活方式进行调整。幼犬就像刚学走

必须以积极的方式给幼犬介绍新的事物。一个喜爱的玩具可以帮助它将洗澡与乐趣联系起来。

围成运动场的铁丝栏或是"外栏",是安全限制幼犬的有益工具。给它比板条箱大一些的地方让它可以跑动。

路的小孩子,您须要时刻注意它,以防止伤到自己或是破坏您家中的物品。但首先要做的事是保证幼犬的安全。将您家中的小摆设放在幼犬够不到的地方。拿走垃圾桶。拿走桌子上的东西。用其他东西盖住电线。在家中给幼犬提供一个安全的地方,在庭院中应有安全的栅栏。

如果有什么东西是来回摇摆的,或是可口的,或是诱人的,幼犬都会直奔而去。在周围多放一些幼犬的玩具,用"有益"的东西代替"不好"的东西。关键是让幼犬改变注意力。

当幼犬得到或咬到不应该碰的东西时,给它一个玩具玩,同时表扬它。我们在后面会再谈论这个问题。现在,先确保在它够得到的地方及活动区域没有伤害它或是引起伤害的东西。您不必太担心它的头撞在了桌角上,它不是人的孩子。但那些桌角可能会被它啃咬。在手边放个防咬的喷雾剂,当幼犬试图啃咬时就把"美味"的东西变成不好吃的东西。

下面列出了一些在您将幼犬带回家之前需要做的几项准备工作。您或许认为偶尔需要一些尿布,但这不在

准备工作之内。

- 板条箱。买一个可以容纳幼犬成年后体型的板条箱更为划算，因为幼犬长得非常快。

 根据品种不同，或许您的幼犬在成年前，身体成长快而需要经常更换板条箱，这样就要花很多钱！解决的方法是用一个隔板将板条箱隔成幼犬身型大小的区域，慢慢扩大这个区域直到不再需要隔板。

- 可以拆洗被面的软床。您需要多准备几个被面，以方便洗换。幼犬可能会出现随意大小便的情况，您可能需要增加洗换被面的次数。

- 两个食盆。建议用不锈钢制品，因为金属的不会被咬坏，也不易打碎。这些食盆经久耐用而且易于清洗。如果您的幼犬喜欢玩水，在它的板条箱旁边挂一个水桶，这样它就不会把食盆里的水弄到地上。也可以在板条箱上挂一个水瓶，当幼犬喝水时就会流出来。

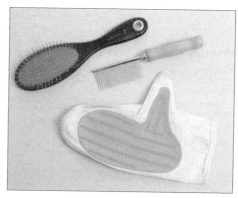
从幼犬的基础梳理开始：软鬃毛刷、金属梳子和一副梳理手套。

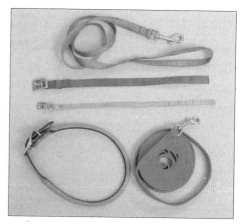
有不同长度的尼龙牵引绳，应根据幼犬的体型进行，并要适合幼犬在牵引时走动。图中展示了卷起来的皮革项圈以及一对尼龙带扣项圈。

安全地啃咬玩具令幼犬有快乐的休闲时光，使它从禁止啃咬的物体上移开嘴和注意力。

29

- 用于梳理被毛的软刷。

- 幼犬牙刷及幼犬牙膏。

- 按摩牙床及清洁牙齿的咀嚼玩具。

- 尼龙或皮革制的可调节长度的项圈及轻质的牵引绳。不要选用铁链，因为在训练期间不能使用。没必要购置。

- 玩具，玩具，尽可能多的玩具。同时也需要一个装玩具的箱子。要知道，幼犬9个月大时就长出利牙了，让它咬玩具总好过撕咬您的沙发吧。

充足的营养

当由母犬喂养时，幼犬可以得到所有维系健康所需的营养物质。不过，在4周大之后，母犬就会给幼犬断奶，幼犬开始吃固体食物。饲养者应该喂

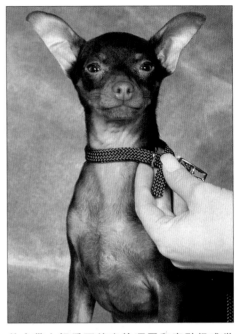

幼犬带上轻质而结实的项圈和牵引绳感觉舒适。

给幼犬脂肪和蛋白含量都高于成年犬的特定的幼犬犬粮，因为依据品种和体型不同，最佳脂肪和蛋白含量都有极大的变化。幼犬犬粮的设计就是确保幼犬能够维持健康生长和能量的水平。

由于幼犬胃容量小，活动量大，应该每天喂食3~4次。它的新陈代谢也很快。几乎是在它吃下食物后立即就能够将营养物质输送到机体各系统。

由于幼犬的牙齿较小，所以应该用温水或乳制替代品将食物浸湿。因

不锈钢食盆、幼犬食粮、洁净的水是幼犬健康饮食的关键。

为在食物到达胃之前就有一部分被分解了，这样做有助于幼犬的消化。

许多饲养者青睐于某一品牌的犬粮，他们研究过哪一个品牌的犬粮对他们饲养的犬的品种特别是血统更适合。除非您的幼犬有消化方面的问题，您可以坚持用幼犬到您家之前所吃的那个品牌的犬粮。一个负责的犬饲养员会在您将幼犬带走前，把关于幼犬饲喂的每个细节都和您说清楚，甚至会给您带上一点幼犬的食粮。如果您不得不亲自挑选幼犬的食粮，可以向您的兽医咨询幼犬营养方面的知识，

在挑选犬粮之前要仔细检查商标。总而言之，对幼犬最佳的蛋白质含量是从33%~43%，尽管这不适合所有品种的幼犬，但太多的蛋白质实质上对幼犬也是有害的。需要再强调一下，有必要和您的幼犬的前饲养者或是兽医讨论一下幼犬的食物。不过，总的说来，幼犬食粮中的蛋白质和脂肪水平和成年犬的食粮含量相比要高些，因为这对幼犬的正常生长和抗体的产生以帮助幼犬全面抵抗感染及快速愈合都是必需的。

消化系统特别敏感的幼犬适合以

喜欢玩水的寻回犬类对它们的水盆另有想法！

不管喂的多么好，幼犬也无法抗拒到处翻寻的乐趣。要盖好垃圾桶，把垃圾桶放在它们够不到的地方。

鸡肉或是羔羊肉为基础的食粮。查看一下食粮成分，例如植物来源的成分以及基础副成分。米和面是常见成分，但是许多幼犬很难消化这些成分。

有些犬可能会对此过敏。优质的犬粮不会含有这些成分，不过玉米、大麦以及其他谷类，还包括蔬菜，对保持维生素平衡有益，幼犬也需要肉类。它们所需的大部分蛋白质通过如鸡肉、鱼肉、鸡蛋以及奶制品获得。

幼犬饲养新手通常喜欢用餐桌上的食物或是用手拿食物喂幼犬来表示

宠爱，但不要养成这样的坏习惯。犬粮中含有幼犬所需的所有营养，并且它们也必须学会从食盆中进食。要在同一个地点给幼犬喂食，每天在同样的时间喂食。如果它每次吃不完也不用担心。用手拿着它们没有吃完的食物去喂它们只会令它们养成坏习惯。有些幼犬在运动一会儿后会感觉有些饿，那么在当天晚些时候它们就会吃得多些。切记不要在幼犬运动完后立即给它食物。这样做可能会引起消化系统疾病，特别是当幼犬在遗传上有

当幼犬要吃食时，不要用手拿着食物喂它，或是给它餐桌上的食物残渣。它必须学会在食盆里进食。

这种缺陷倾向时。这些犬类通常都是深胸犬，例如威玛犬、杜宾犬，甚至帕森拉塞尔狸犬。对您所养的犬种稍微作一下了解，以确保您给它提供的食物是恰当安全的。如果它有这种倾向，那么在饲喂和训练时有许多预防措施，与兽医和其他饲养者讨论一下。

幼犬可能什么东西都吃。当您带它出去散步时，它可能会吃树根、垃圾、落叶、糖纸、烟头和其他脏东西。通常会引起胃肠紊乱，最终可能会导致呕吐或腹泻。首先，要常常注意到幼犬的小鼻子闻到了什么。从它的嘴里取出不适合吃下去的东西。要注意它是否有胃肠疼痛的表现，在看兽医时带一些粪便样品。轻微的胃肠炎很容易治疗，只要给一些刺激性小的食物，如给它喂几天煮熟的鸡肉、酸奶干酪和米饭，当幼犬感觉好些时，慢慢地经过几天时间恢复到它的正常饮食。

如果幼犬吃了有毒的东西就比较严重了。这其中包括"人类食品"，如巧克力、坚果、葡萄、葡萄干、洋葱，或是化学产品以及化肥。防冻液特别危险，一些树根也含有类似巧克力中的有毒物质。如果您的幼犬吃了上述东西，或是您怀疑它吃了，立即和兽医联系。

再回到正常的营养方面，定期检查幼犬的体重。幼犬就像一颗成长中的种子一样，然而在前三周它看起来比较矮胖。将手放在幼犬的体侧转动，触摸它的肋骨进行检查。您应该很难

俯看健康的幼犬。它看上去比较矮胖，说明它的身型和成年后不一样，但是也不能过于肥胖。

感觉到它的肋骨。它的腰部稍微有些下陷，您也很难清晰地感觉到或是看到它的臀部骨骼。

当您的幼犬逐渐长大时，您可以将它的饲喂次数减少为每天两次，在早上和晚上各一次。对于年幼的犬，需要增加饲喂的次数，如果您全天外出工作，可以找能够给您提供帮助的邻居、家庭成员或是犬看护员在中午时帮您饲喂幼犬。对于幼犬来说，多次的进食是非常重要的。至少在幼犬5个月大之前，不能减少进食次数，因为它的代谢需要多次进食以保证获得足够的营养。同时，要给它补充一些维生素，如维生素C及维生素E，这些都有助于预防可能存在的疼痛，这种

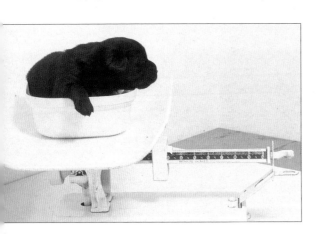

玩赏犬类的幼犬可以用天平称重，大型犬体型很大，不过开始时它也像其他犬一样只是一个小不点儿。

疼痛现象多发生在生长迅速的大型犬中。但是，在给予任何补充物之前，一定要向兽医咨询一下。

梳理

即使您的幼犬被毛不长，也要学会习惯为幼犬梳理。

实际上，在您第一次带它回家时就需要给它洗个澡。您想过如何做这件事吗？当然不能用花园中的水管，也绝对不能在室外，幼犬对体温的调节能力很差。它们需要保暖。

第一次给幼犬洗澡的最佳地点应该是在厨房或是洗衣间的水槽中，或是在浴缸里。这样您和幼犬处于同一高度，为安全起见可以将它限制在小的区域里。盆底应该垫上一个防滑垫。可以用一个橡胶垫或是向水槽或浴缸放温水前在底下放一条毛巾。

把所有要用的物品准备好。您应该准备好犬用沐浴液、干毛巾、一个玩具和一些小食品。为防止水进入幼犬的耳道，在耳朵里塞上棉球是个不错的主意。如果您打算完全清洗它的面部，给幼犬涂些眼药以防止浴液对其眼睛的刺激。不过如果您使用的是

您需要每隔 10 天或两个星期给幼犬洗一次澡（不用担心，在幼犬长大后就不需要这么频繁地洗澡了）。幼犬的高度很接近地面，而且它们喜欢在有臭味的东西上打滚。增加洗澡次数可以有效地去掉犬身上的味道，让您在抱它的时候感觉更愉快。只能使用犬用沐浴液，以防止皮肤过于干燥。被毛上产生的天然油在抵抗天气变化的自我保护中起着十分重要的作用。另外，使用皮肤干燥的浴液会引起骚痒或刺激，降低幼犬抵抗细菌的能力。

您可以在浴缸或厨房的水槽中给幼犬洗澡，要使用中性的犬用沐浴液。

幼犬用沐浴液，有一些泡泡进到眼睛里也不会刺激它的眼睛。

您会希望第一次洗澡是一次快乐的体验。这对某些品种的犬来说并不是难事。例如喜欢水的寻回犬和猎犬。

不过，对于其他一些品种的幼犬，无论您怎样做，它们都仍然会绷着脸发抖。当给它洗澡时，您最好不时地给它一些表扬或奖赏。您可以在水中放一个玩具，例如一个可以发出声音的橡皮鸭，这会令幼犬感觉到好玩，使洗澡成为快乐的事情。

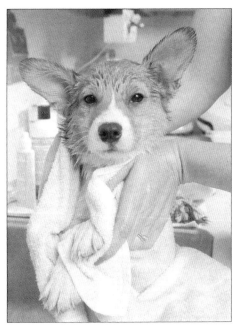

准备一条厚毛巾，在幼犬完全清洗干净、将它从盆中抱出来时使用。

每次在洗澡之后都要将幼犬擦干。不要让它在湿着的时候出去，这样幼犬很容易着凉，可能会降低它对空气中的细菌和病毒的抵抗力。

为幼犬制定有规律的梳洗时间，定期的梳洗不但有助于您及时发现幼犬被毛和皮肤上有无异常，也有助于清理掉幼犬身上纠结的被毛。定期梳理可以去掉脱落的被毛，清除纠缠的毛结，分散皮肤上的体油。在幼犬到来的第一天起就要开始定期梳理。长毛幼犬可能需要每天梳理。短毛幼犬每周只需要梳理1~2次，不过，如果它生活在可能有寄生虫的环境中时，如在森林或有高草丛的草地中时，给它进行一次快速的大略的梳理也是无害的。在温暖的季节，虱子和跳蚤很多，在秋天，植物脱落的种子如坚果类都会刺激幼犬柔软的爪垫和敏感的皮肤。要及时清理掉。

给幼犬梳理被毛所使用的刷子应该很柔软。大多数幼犬不需要准备被毛刷、梳子和刮刀。它们的皮肤很敏感，被毛仍然很短。为了让幼犬有一个良好的梳理印象，要用灵活的鬃毛刷和梳理手套。慢慢梳理，让幼犬喜爱上这样的接触。在它疲劳或是放松的时候给它梳理。只要不是在玩耍状态下，它就不太可能把梳理当成一种游戏。

从梳理幼犬头部和耳部的被毛开始，然后是胸部和前肢、后背、体侧、腹部、后肢，最后是尾部。梳理时动作要轻，但是要有足够的力度以确保能清理掉脱落的被毛和毛结。在幼犬

厚被毛的犬如这只贵宾犬在弄湿以后和原来的样子看起来很不一样。

完全习惯梳理之前，一定要顺着它的被毛生长方向梳理。

每6~8周剪一次趾甲。犬的趾甲可能会非常尖，很容易撕坏纺织品或是割伤您的皮肤。特别是幼犬的趾甲非常尖而且长得很快。要尽早让您的幼犬习惯剪趾甲。在剪趾甲时要让幼犬保持绝对安静。刚开始时，可以找人帮忙，这样可以专心剪趾甲而不会剪得太短。如果剪到趾甲粉红色的部分会流血，同时也会令幼犬对剪趾甲有不好的印象。

仔细观察幼犬的趾甲，它的形状看上去就像鹰嘴。最好是在趾甲弯曲形状前面的六毫米处剪断。在这个弯曲处的上面就是趾甲的髓质部，这部分就和人类指甲中粉红色的部分是一样的。弯曲处的下面完全是趾甲（末端）。这部分被剪断也不会有危险。如果您的幼犬的趾甲是黑色的，就很难看清楚应该在哪里剪断，那么就每次剪断一点点，直到接近弯曲部分为止。每次剪完后一定要用钢砂板把趾甲锉平或用手控转动工具把趾甲磨光滑。

为幼犬的健康考虑，也需要做耳部清洁，特别是幼犬有松软下垂的耳朵时。犬下垂的耳朵内的空气不能很

马尔济斯犬幼年时的被毛和成年时有很大不同。幼犬蓬松的被毛在成年后会变得又长又直，像丝毛一样。

所有的家庭成员都能参与到犬的梳理工作中。雪橇犬是拥有罕见的浓密被毛的犬种。它的小伙伴正在用一个软刷给它梳理。

澳洲牧羊犬被毛并不长，但是很浓密。它喜欢户外活动，应该经常梳理并检查被毛有无纠结。

螨虫引起的，还可能是由酵母菌或是耳内分泌物引起的。每周清洁耳道可以保持它的清洁健康。最需要做的一件事情，是要应付时常发生的耳部感染，感染不但会引起犬的不适，也可能由于伤害中耳道而最终导致犬失聪。

耳中感染很容易发现。幼犬会经常摇头，在地上或是家具上蹭耳朵，检查时也可以闻到难闻的气味。如果有以上症状出现时，带幼犬到兽医那

好地流通，耳道内过多的湿气不能被吹干。如果您饲养的幼犬是寻回犬，那么它的耳道或许比较狭窄，更容易积蓄细菌和湿气。耳内积蓄湿气可能会引起感染。有一些感染也可能是由

幼犬或是小型犬在主人为它们剪趾甲时舒服地趴在主人的腿上。

里进行治疗。

市场上有许多清洁耳部的产品，不过您也可以使用矿物油。滴一滴矿物油在软布上，轻轻擦幼犬的外耳道，要特别注意耳部周围，做深部清洁时，滴些矿物油在棉签上，但是要注意不要深入内耳道部，只需要擦外耳道就可以了。只有兽医才可以帮助您清理幼犬的内耳道。

有些犬的耳朵里长有许多毛，这种细毛可以阻断气流，黏住脏物和湿气。不过大多数幼犬没有这种毛，因此您也需要准备好镊子，以备在幼犬成年后清理这些细毛。您只需要拔掉很容易拔出的毛，因为这不会使幼犬感到疼痛。不要拔那些难以处理的毛，这样会使幼犬感到疼痛，如果操作不当，会使它叫出声并记住这段不愉快的经历。记住，您要尽量使您做的每一件事都给幼犬留下愉快的印象。

定期进行眼部清理对眼部外突的犬十分重要，例如博美犬、吉娃娃、拉萨犬、西施犬。您要注意它的眼部是否有分泌物或是红点，这意味着是否受到刺激或是感染。可以每周滴一次滴眼液以保持眼部清爽。一定要清理眼内的小颗粒的脏物或是毛发。

把眼部周围的毛发剪短一些有助于幼犬看得清楚。许多种类的犬容易产生泪痕，因此，无论您养的犬是什么品种，都要确保犬的眼周围没有泪痕、脏东西或是碎屑。

大部分犬的主人最容易忽略的事情就是犬牙齿的清洁。许多人认为给犬一些硬饼干就足够了，但事实并非如此。虽然硬饼干有助于防止牙垢的形成，但它不能有效地清除牙斑和牙垢。幼犬的牙龈也需要关注，预防牙龈疾病。

即使您的幼犬只有乳牙，也要一周内至少给它刷两次牙。当然，它的乳牙会脱落，您也希望它能自己加快

可以用棉签清理耳朵，但要小心不要伸入耳道里，要让幼犬静坐着。

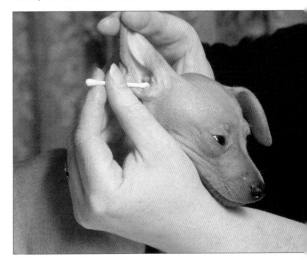

有些品种的幼犬，例如拳师犬，在年幼时需要做立耳手术，犬主人应特别注意术后的护理。

换牙的进度，不只是保持牙齿清洁和口气清新。

定期给幼犬刷牙就免去了带幼犬

眼部突出的犬类，例如拉萨犬，需要特别的眼部护理。

到兽医那里拔牙的奔波之苦。从多方面来说，也有助于延长犬的生命。首先，它的牙会掉得晚些，也就意味着它可以很好地咀嚼食物。第二，也可预防牙龈感染的牙周疾病，牙龈炎不仅可引起犬的牙齿脱落，还会将细菌感染到中枢器官，降低机能。在犬年幼时您也许注意不到这些问题，但这会随着幼犬年龄增长而加重，因此最好的方法是尽量早开始幼犬日常牙齿护理。

小型犬类比大型犬更需要牙齿护理，即使您定期给它刷牙。

幼犬仍可能偶尔需要专业人员为它拔牙。兽医给它麻醉，这样拔牙更容易。不过，定期刷牙还是会减少您的爱犬处于这种紧张状态的可能。

小型犬还可能会出现乳牙脱落困难的情况。要细心留意爱犬是否有双层牙，特别是门牙。如果有这种情况发生，可能会引起爱犬进食困难，发脾气，因为幼犬要承受本应脱落却不掉的牙齿给牙龈造成的疼痛。

给幼犬刷牙可以使用儿童牙刷、套指牙刷或是仿形牙刷（专门为清洁幼犬的牙齿而生产），甚至可以是一块软的清洁布。在牙刷面上放一些犬用牙膏（有多种香型），以划圆的方式清洁每一颗牙齿。在清洁较短的牙齿时可能会有些困难。一定要有耐心，一次清洁一颗。要不时地让幼犬自由呼吸一下。用几天时间来完成爱犬的全面牙齿清洁，每次清洁一颗，幼犬慢慢就会习惯并接受这一过程，甚至可能会很期待这种过程，因为牙膏的味道充满诱惑。

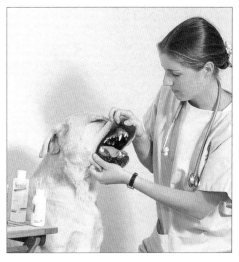

为接受全面的牙齿护理，爱犬需要进行麻醉以使它的嘴张开。

幼犬的医护

正确的医护应该是从您带幼犬回家开始。实际上，在您第一次接幼犬回家的路上就应该先去一次动物医院。如果没有去，在接下来的几天里，一定要和兽医预约。全面的体检可能会发现您先前没有注意到的问题。如果您家中还有其他宠物，这种体检就更为重要。

以下的疫苗注射程序都是常用的。免疫时间建议根据爱犬个体和您所住地区的不同而有所差别。您可以和兽医商讨免疫的程序，以确保安全并起

年幼的英国史宾格犬已经习惯了面部检查。

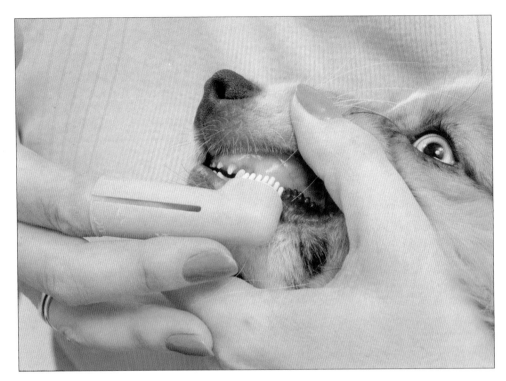

方便型犬牙刷套在主人的手指上正合适。

当滴眼药水时，要哄哄幼犬，让它安静。

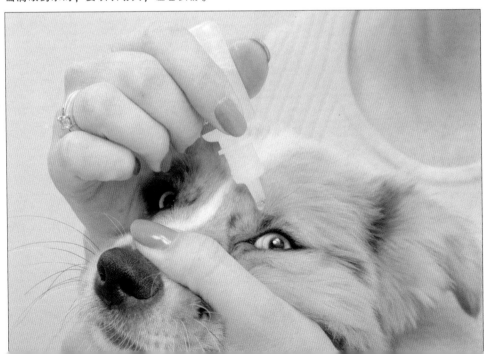

到完全的保护作用。

第一次接种疫苗应该选择在幼犬6周大时。大多数饲养者会将它和头两次驱虫一起进行。之后是一系列的加强免疫、狂犬病、犬窝咳吸入剂，你需要对这些免疫程序的实施负责。主要由您来决定是否继续去兽医那里注射完前一任饲养者没有注射完的疫苗。在您的幼犬4个月大时（或是5个月大，依据您所在地区的狂犬病法规），它应该接受所需要抵抗的最常见的犬类传染病的所有疫苗，随着每年

的加强，它会一直保持免疫力。

有些犬可能会对每年的加强针敏感；对这些犬先做一下效价测定会更安全。效价测定就是血液检测以检查已有的抵抗特定病毒的抗体水平。如果疫苗水平仍有效，那么就不需要再免疫接种。生活在居民区的没有去过野外和郊区的犬进行效价测定变得比较普遍。不过，幼犬不用做效价测定，因为通过定期接种它们已经提高了抗体水平。

幼犬前三次接种的是联苗，称为

在您的幼犬每年的体检中，兽医都会对牙垢做一次全面清理。

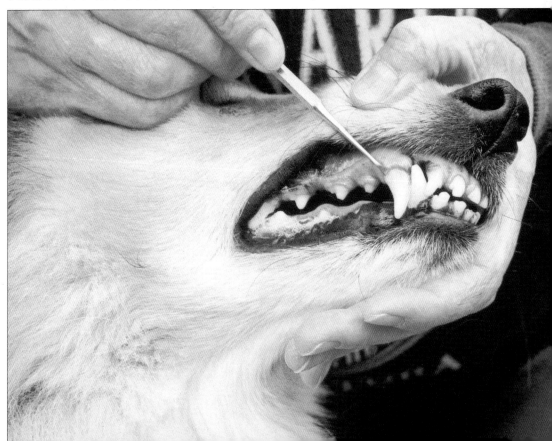

"多合一"疫苗。这是一种最佳方法，因为它用一针代替了五针。

这种多合一疫苗可以预防细小病毒、钩端螺旋体、肝炎、副流感以及犬瘟热。有些联苗中甚至包含冠状病毒疫苗，犬类对这种病毒非常敏感。

细小病毒和冠状病毒侵害犬的消化道、白细胞以及心肌。这些疾病极具传染性。幼犬对空气传播的传染病非常敏感，对细小病毒感染可能有心衰等剧烈反应。如果不治疗，甚至会

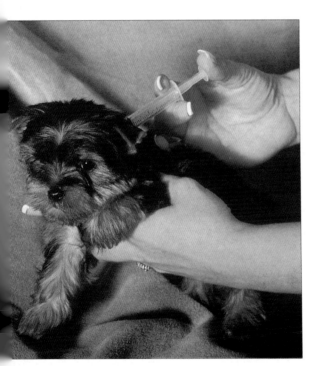
当您将一只幼犬带回家时，兽医会安排好它的免疫程序。

导致受感染的犬死亡。

钩端螺旋体病是接触性传染病，通过接触感染犬的尿液或是感染犬尿液污染的物体。这种疾病可能会引起犬的肾衰竭，这也就是为什么在您的幼犬没有完全接种完疫苗前不要到公园或和其他犬接触的原因。让幼犬与您十分了解的犬一起玩耍不会有问题，但您一定要清楚犬的健康背景。

肝炎是侵害幼犬肝脏的疾病。有时幼犬会并发呼吸道感染。当发生钩端螺旋体病时，接触到病犬的尿液或被尿液污染的物体时，会将这种疾病传染给免疫失败的幼犬。

副流感不像前面讲的几种传染病那么严重，但也会引起幼犬不适。幼犬一定是接触过患有这种病的犬的鼻涕，症状表现为上呼吸道不适，例如打喷嚏、流鼻涕、嗜睡。许多走失的犬患病是由于和其他未免疫的犬有过接触。

犬瘟热不仅可以通过接触病犬的鼻液感染，也能通过接触病犬眼分泌物而感染。这种病毒不但能在空气中传播，而且能通过无生命物体传播。首先幼犬可能会出现呼吸道不适和类似感冒的症状。如果不及时治疗，可

能会引起死亡。对于走失很长一段时间的犬来说，这也是一种常见的传染病。

兽医还会向您推荐另外两种疫苗，一种是犬莱姆病疫苗，另一种是贾弟鞭毛虫病疫苗。

莱姆病是通过虱蜱叮咬而传播的。您是否住在虱蜱比较普遍的地区呢，如今到处都是，因而要确保您的幼犬每年注射一次疫苗。莱姆病会波及身体各个组织，首先引起肌肉疼痛，嗜睡，最终引起完全麻痹瘫痪而死亡。不过，有些品种的犬，例如柯利犬和其他一些牧羊犬类，对此疫苗反应很弱。无论如何，在您的幼犬呆在森林里或是灌木丛中时一定要保持警惕。使用一些局部驱虫药也有些作用。

贾弟鞭毛虫病影响消化系统。所有犬类对这类微生物都非常敏感，特别是幼犬。症状包括水性腹泻及呕吐。贾弟鞭毛虫病通过饮用此微生物污染的水而感染，一般在水源、农场或森林地区的池塘、小溪、湖泊或是河水中被发现。通常从山上流下来的水比较干净，但也含有很多细菌。如果您带着幼犬在郊区散步，要注意它的饮食。给它注射贾弟鞭毛虫病疫苗有利

于防止它因腹泻而弄脏您的房间，也有利于防止由此导致的室内训练的停滞。

幼犬无法说出它的感觉，所以除了仔细观察它的行为和症状，您没法知道它是否生病了。一定要为幼犬注射所有疫苗，立即开始第一套疫苗注射程序。第一套注射疫苗包括犬瘟热、细小病毒、肝炎及副流感。两周后需要注射另外一套疫苗，包括犬瘟热、细小病毒、肝炎及副流感的加强针。最重要的狂犬病疫苗注射的年龄由您所在地区的法规规定，一年后需要注射加强针。如果犬过了一定的年龄，要立即注射狂犬疫苗。经过一次加强免疫后，接下来的3~5年内不需要再免疫，这也根据您所使用的疫苗而定。其他疫苗都需要每年加强免疫，除非您的爱犬做了效价测定后证明它不需要再加强免疫。

如果您计划让爱犬参加一个训练课程或是打算用笼子带它出国的时候，您就需要为它注射百日咳疫苗。这种疫苗通常通过滴鼻直接滴入鼻腔中。百日咳也可以预防两种犬窝咳，犬窝咳是一种高度传染的呼吸道疾病。症状包括咳嗽、流鼻涕。如果不进行治

疗，可能加重病情，例如发展成支气管炎。

可以向兽医咨询如何进行寄生虫防控管理。这包括对犬恶丝虫的预防和对跳蚤的控制。目前在市场上有多种杀灭寄生虫的产品供您选用。犬恶丝虫病感染是非常严重的问题，如果治疗不及时，可能会导致幼犬死亡。

柯利犬及其他牧羊犬类不需要注射犬莱姆病疫苗，也不需要包括驱蜱虫在内的驱虫护理。您最好找一位对您所养的品种十分了解的兽医。

最早可以在幼犬8周大时就开始对犬恶丝虫病采取预防措施。您可以买到许多不同种类的咀嚼药片，其中大部分不仅可以预防犬恶丝虫病、钩虫感染、鞭虫感染，还可以控制跳蚤。所有这些疾病的预防只需一个月嚼上一片药片就可以了。

如果您已经打算开始着手处理跳蚤感染，或是经常带您的幼犬到有跳蚤的地方，您一定希望有一个特别有效的方法杀灭跳蚤。幼犬更愿意接受注射治疗。这只需要直接在幼犬的肩胛骨上方皮下注射。这特别简单，也不会伤害幼犬细嫩的皮肤。当幼犬长大后，您可以使用灭虱、蜱，或是灭蚊子和跳蚤产品。这些类型的产品适合幼犬和成年犬使用。

另外有一种产品也结合了预防跳蚤和犬丝虫感染的双重效用。它也是在肩胛骨上方皮下注射，如果犬的体型较大超过33英磅时，也可在尾根注射，一个月一次。这可以对跳蚤感染起到保护作用，也能够预防许多种寄生虫感染，还能够抵抗棕色犬壁虱。不过，不能抵抗莱姆病的携带者鹿虱。当疫苗效价降低时，对蚊子也没有作用。

如果大白熊犬悬蹄的趾甲没有经过修剪，那么这种握手就不是那么友好的了。

特种体型的特殊需要

每一个品种的犬都有自己的特征。短头（鼻子短）的犬类常需要注意悬蹄的护理、肛门腺的保护和呼吸系统疾病的预防。玩赏犬对变化较大的天气极其敏感，当天气太热或太冷时不能让它在户外呆得太久。它们的体型决定了对体温调节的能力很差。冬天在户外时，应该有一些衣服类的保暖措施；在炎热的夏季，不能在最热的中午时分待在户外。眼部外突的那些犬类特别要注意眼部护理，因为它们对于进入眼里的颗粒极具易感性。

有一些犬类的皮肤有皱褶，例如英国斗牛犬、沙皮犬、索赛克斯猎犬。如果您的幼犬是其中一种或是其中的杂交犬，它的皮肤皱褶外可能会很干燥，而褶内很潮湿，一些脏物就会进入皮褶内。如果不及时清理掉，就会刺激犬的皮肤。您应该为它所有的皮褶进行定期清洗，以确保没有局部感染和其他刺激。

许多犬类都容易出现皮肤过敏症状，最佳的应对方法就是由里到外进行保护。在兽医的建议下，您可以给爱犬补充一些维生素 E 和其他一些氨基酸，这些都可以在宠物商店买到。这些产品有助于保持犬的皮肤柔软，表皮光滑。如果您看到爱犬的皮肤上有小的红色丘疹斑点或是掉毛，要向兽医咨询。兽医会为您的爱犬制定特定的饮食，并开一些处方治疗可能发生的感染。幼犬对于细菌性和病毒性感染特别敏感，会很明显地表现在皮肤上。

许多大型犬类在前肢或后肢上都有很大的悬蹄。例如大白熊犬和圣伯纳犬。悬蹄的趾甲也要和其他趾甲一样进行修剪。

如果忽略了对爱犬悬蹄的修剪，导致趾甲卷曲，可能会刮到什么东西而造成伤害。记住悬蹄实际上就像一个脚趾，在根部也有组织和神经，如果伤到了也会疼痛。

有些犬的肛门腺也会出现问题，这在小型犬中比较常见。肛门腺位于犬的肛门两侧，其中含有液体，这些液体在犬划分领地和表现情绪如害怕时会用到。如果受到碰撞挤压，就会引起肛门腺极度不适。幼犬会在地上摩擦屁股，或是舔尾部下面。如果阻塞就会发出难闻的气味，肛门处会有恶臭气味。确保肛门腺健康的最佳方式是让兽医或是护理员定期清理。在幼犬的食物中添加一些南瓜和（或）甜马铃薯，在兽医建议下，制定健康食谱，预防犬肛门腺阻塞。这些食物纤维成分含量高，有助于消化系统健康。

许多犬类需要特别留意它们的呼吸。它们进化为吻突较短的犬类，从而降低了通过鼻道呼吸调节体温的能力。这类犬包括拳师犬、斗牛犬、西施犬、八哥犬、北京犬以及拉萨犬。千万不要让这一类犬的体温过高，它们一旦中暑如果治疗不及时，可能会导致死亡。在闷热的天气里，要尽可能让它们呆在屋子里。

让您的幼犬忙碌起来

智力开发来自于玩具、游戏和训练。让它忙碌起来就会把它的时间占满，抑制了它的破坏行动。给您的幼犬至少提供 6 种不同的玩具，选择一些适合您幼犬体型的、安全的、经久

八哥犬是短吻突犬的最常见的代表。如果在太热的环境中，这些犬可能会呼吸困难，一定要特别注意。

耐用的玩具。太大的玩具对小型犬没有用，相反，太小的玩具对大型犬可能会有危险，因为可能很容易被犬吞下去。建议：要让您的犬有一块大骨头。如果骨头变小了或是它撕咬下一块，就把这块骨头扔掉。一小块皮或是皮茬很容易卡在犬的嘴或喉咙里，引起窒息，另外生皮也不能被消化。

幼犬的消化系统很敏感，如果它吃下了太多生皮，可能会引起呕吐或腹泻。所以生皮只能作为特别的、短时的奖赏。

其他的啃咬玩具，可以选择一些可食用的啃咬材料。如用植物材料做的硬骨头，完全可以食用，也可以消化。您的幼犬会像喜欢硬尼龙做的骨头和生牛皮骨头一样喜欢可食用的啃咬玩具。不过即使是可食入的，也不

49

要给它太多，因为它吃得太多会引起腹痛，最小限度的奖赏就可以了。

小型犬喜欢吱吱作响的玩具、啃咬玩具、毛绒填充玩具和橡皮玩具。不管什么样的玩具，或是什么类型的犬，如果您和它一块玩儿，它都会有极大的热情。

对于爱犬牙齿的护理来说，您可以试试下面的方法：把一些旧毛巾放在水里，缠在一起然后冻起来。幼犬很喜欢啃咬这些东西，这样会缓解它的牙齿的不适。一块冰冻的胫骨也可以起到同样的作用，就像市场上那些大量的有同样作用的玩具一样。冰块也很有趣，如果您想给它特别的奖励，用一些鸡肉或牛肉汤放在冰块里冻成一个冰棒。瞧！这是一个自制的冰冻奖品。

为了让您的幼犬保持对玩具的兴趣，每天要轮换着给它玩具。头一天给它3个玩具，第二天再给3个不同的玩具。每次它的反应都会是："哦，天啊！又是新玩具！"这一定比它把沙发垫或椅子腿作为有趣的玩具好得多。

开发智力的最佳方式是对幼犬进行训练，教它些小把戏。幼犬很愿意学习，特别是在能够得到表扬和奖赏的时候。千万不要等到幼犬"定型"后才开始，如果您现在就开始训练，它会定型更快。幼犬在5周大时就能够理解命令并对此做出反应。您也不必太早开始，有明确的行为反应和像海绵一样吸收事物的头脑时开始即可。如果等到以后才开始训练，就意味着要克服以前形成的行为问题，要面对一个有反抗性的成年犬。一个新家对幼犬来说就是开始学习适应环境的地方，其中一大部分就是学习什么是允许的、什么是不允许的。立即开始训练幼犬，使您的幼犬长大成年后更容易相处。

了解犬的生物钟

　　大多数幼犬排泄比较频繁。越是小型犬，它的膀胱和大肠的容量越少，这样就使它的排尿和排便次数都比成年犬多。虽然如此，所有类型的幼犬排泄的次数都比成年时多。这是因为它们的新陈代谢快，同时也和它们的饮食有关。它们快速的代谢也使它们在较短的一段时间内活动力比较高。它们比成年犬热量的消耗更快，因此，它们需要高热量的食粮。优质的食粮让幼犬可以更多地消化食物，消化好也就意味着不挑食。

　　幼犬比成年犬排泄次数多的另一个原因是和它们的活动水平有关。4个月以后的幼犬活动量都很大。活动量的提高使幼犬排泄次数增加。当幼犬活动消耗热量后就会松弛尿道和括约肌，消耗热量的同时会产生废物，产生的废物多了就需要排泄出来。

幼犬从小憩中醒来意味着出去排泄的时候——赶快带它出去！

打个盹儿，幼犬会在任何地方睡着。

何时排泄

幼犬排泄有特定的时间。

掌握了这些时间规律可以避免幼犬在家中失禁，可以提高家庭训练的机会。在下面列出的时间里一定要带您的幼犬出去：

1. 睡醒之后或是打盹醒来后。在睡觉时幼犬会自我控制膀胱。醒来后，它需要有机会去排泄。犬的体型越小或越是年幼，就需要更快速地到达它

的排泄地点。

2. 在玩耍后或是玩耍中。就像上面提到的，活动消耗热量产生废物，活动也可以松弛膀胱和括约肌。幼犬通常都会在玩耍中排泄。

3. 训练中或是训练后。再强调一下，活动消耗热量产生废物，通常在训练中幼犬都会得到一些食物奖赏。得到这些奖赏后也需要给幼犬补充饮水。喝的水越多，幼犬排泄的次数也增加。

4. 进食以后。2~3 个月大的幼犬

在进食 15~20 分钟后需要排泄。4~6 个月大的幼犬在进食 30~45 分钟后需要排泄。

形成习惯

家庭训练的最有效的方法是了解您的幼犬的生物钟，结合您的生活方式和它的需要形成日常习惯。繁忙的主人很少有时间呆在家里。

我们有工作，有自己的事情，孩子们也有自己的作息时间和许多活动。我们不可能整天坐在那里看着幼犬。

为幼犬制定一个符合实际生活习惯的作息时间表，您需要考虑到自己的作息时间，当然也要结合幼犬的需要。幼犬在一天里需要排泄很多次。如果您在外面工作的时间很长，当您在外面的时候就要找一个爱犬护理员，或是家人，或是邻居帮您把幼犬带到外面。如果没有这种帮助，幼犬的家庭训练就需要花很长时间，就会不断受到挫折。

板条箱训练有很多好处。首先，要给幼犬一个感觉安全舒适的地方。幼犬很喜欢像窝一样的环境。出于本

让家人用牵引绳带着幼犬到排泄地点，幼犬将很快知道出去以后到哪方便。

能，它们一般不会在睡觉的地方排泄，因此板条箱可以帮助它学会控制。将您的幼犬放在板条箱中可以很快教它学会在指定地点才能排泄，而之前只能控制住。最好不要选择报纸训练，除非您愿意在爱犬的一生中都使用报纸。要记住，许多在报纸上排泄的犬很容易在家中其他地方排泄。

千万不要让成年犬白天在板条箱中呆的时间超过5~6个小时，幼犬也不应在板条箱中呆太长时间，这很残忍。为了肌肉和骨骼的正常发育，也为了它们的智力发育，成长中的幼犬需要伸展和运动。那些乖僻的、难以控制的犬，都是因为每天在笼子里呆得太久。如果您正在考虑养一只幼犬或是已经养了一只，那就自己想点办法或寻求一些帮助。

为了教会幼犬在哪里方便，您需要和它一起去那里，给它指出正确的地方，一直在那里等到它排泄完毕，之后立即给它一点奖励。这要和教它在听从命令下排泄相结合。

这个过程很简单。将幼犬带到指定地点，放松牵引绳。到那里之后，重复"方便"的命令，可以说一些"快"、"方便"、"拉"或是其他一些

您选用的词语，直到它排泄完毕。当它排泄完后立即表扬它，给它奖赏。一周左右，幼犬就会听从排泄的命令了。

下面列出一个全职工作家庭的简单时间表：

早上5点到6点之间起床，将幼犬从板条箱中带到外面。一直和它呆在一起，直到它排泄完毕，奖励它。如果您希望多睡一会儿，当您回到床上的时候把幼犬放到板条箱里。如果您这时需要准备去上班，给幼犬喂食，让您自己有10分钟左右的准备时间。如果您听到幼犬哼哼，立即把它带到外面。这是它向您表达它需要排泄的一种方式。如果您发现在这10分钟结束前它已经在室内排泄，以后在它进食后立即把它带到室外。

从屋外回来后，在您吃早餐和做准备的时候，让幼犬在围栏里玩一会，围栏要放在一个幼犬有空间玩耍的安全的地方。您不可能在洗澡、刮胡子或做饭的时候时刻看着它。如果没有看管它，它可能就会制造一些麻烦。您要把幼犬看成是一个初学走路的孩子，它不能没有监管。

在您离开家之前，再把幼犬带出

板条箱可以用于训练、旅行，而且很安全，这是主人最有用的工具。

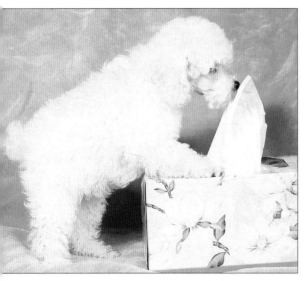

很遗憾，幼犬不能自己收拾排泄物，即使它试着这么做！

去一次，使用一些"方便"之类的话语，直到它排泄为止。回到室内后，用一些小饼干之类的食物诱导幼犬回到板条箱。要保证在幼犬的板条箱中有一些玩具和充足的水。千万不要让幼犬断水。如果它喜欢玩水，可以考虑使用水瓶，或是在板条箱边上夹一个金属桶。

如果您不能每4小时回一次家，当您不在家的时候找一些能帮助您的人每4小时到您家去一次。这是让您的幼犬忍耐伸展和排泄的最长时间了。您也要让帮助您的人在中午的时候喂它一次。因为幼犬每天至少要进食三

次，以保证它有足够的营养吸收和消化。在它4个月大以后，它可以坚持6小时了。

但它也不能一天从早到晚都呆在板条箱里。如果存在这种情况，您就要考虑是否不要养它了。有其他类型的宠物能够经受得住这么长时间的孤独，而不会觉得难受。犬是非常社会化的动物，在这种状态下犬会感觉很不舒服。

要告诉帮助您的人，您是如何教您的幼犬听从"方便"命令的，以及让幼犬排泄的最佳地点。保持一贯性是形成可靠性的关键，如果每一位照料幼犬的人都能保持一致，那么家庭训练就会省去很多时间。

在您工作结束回到家中后，立即将幼犬从板条箱中放出来，和它玩一会儿。一天中最好的时光都被关在笼子里了，它现在需要出去跑动一会儿。当幼犬4个月大并且注射过所有疫苗后，您可以选择带它到爱犬护养中心，在那里它可以学习社交技巧，在您去工作的时候，它可以做很多运动。在那时，您要给它尽可能多的运动机会，也就意味着整个傍晚都应让幼犬呆在户外，和它一起玩儿，一起工作，但

也不要忘了它的晚饭！

当您和幼犬一起回到家中后，要让它每隔一个小时或是一个半小时到户外去一次。大型犬可以延长间隔时间。记住，玩赏犬的新陈代谢非常快，膀胱容量很小，因此排泄的次数更多。

在晚上10点半到11点，让它最后出去一次。一定要让它排泄。在整晚它不得不控制6~7个小时，因此要让它在这之前舒服一些。

任何时候，如果当您带幼犬到指定的排泄地点，而它不排泄，您最好再等10分钟，如果它还不排便，您不得不带它回到屋里，把它放在板条箱里半小时后再出去。

让它自由自在就是给您自己制造麻烦，尤其是当您没有注意到它。

有人一直呆在家里当然是训练幼犬不在室内便溺的最佳方法。对正常的身体成长和良好行为的形成也是最理想的。不过，这在如今的繁忙社会中，我们也只能想想而已。下面介绍一个不爱出门的幼犬主人的作息时间表作为例子：

在早上5点到6点之间带幼犬到户外。在它排泄完以后，让它在外面玩几分钟，可以舒展一下腿脚。早上

6点半左右，给它吃早饭。早上6点45分左右再带它到户外。每隔一到两小时就带幼犬到户外，根据它需要外出的次数调整。这样当您外出短程旅行时就知道它要排泄几次。总的原则就是，在您不能照顾它的时候，把它关在笼子里或是板条箱里。在它需要玩耍的时候，在打盹以后以及进食以后，要让它出来。如果您已经开始对它进行了基本的服从训练，把它放在外面，在完成所有的训练课程以后就可以一直呆在外面了。

中午给它吃午饭后，在大约12点15分时带它到外面。然后每隔1小时左右带它出去一次，然后在4点半到5点时，给它吃晚饭，15分钟以后带

犬的主人在易于清洁的地方养了窝小狗，通常用报纸或是一次性吸收性好的东西清理。

报纸在家庭训练初期是很有帮助的，除非幼犬认为它比厕所更像玩具。

它到户外。

　　在您和家人吃晚饭的时候不需要给它吃东西。实际上，您也许更愿意吃饭前喂幼犬。这样您就能够确保它吃好，可以在它吃完后立即带它出去。在您吃晚饭时候，幼犬也已经吃饱开始睡觉了，这样它就不会打扰您进餐了。在晚上或是夜间，如果它有需要，就带它到外面去，在上床睡觉前不要忘了一天中的最后一次"方便"之旅。

　　前面所提到的作息时间表仅仅是

个例子。当然，许多人的工作并不是朝九晚五的，甚至多数人不能整天呆在家里。您需要根据您的生活方式及个人的时间对幼犬进行最有利的安排。记得我曾提到的一贯性是可靠性的关键这句话吧？不能仅仅因为您的生活不规律而把不规律的习惯也传递给幼犬，犬是有习惯的动物。知道会发生什么，什么时间会发生什么，可以保持犬的心智健全，防止它以后发生行为问题。应选用快乐的方法养成它的好习惯。很可能白天您都有活动，那

么白天幼犬最好是关在笼子里，直到您有时间去照顾它。要坚持幼犬的进食和排泄时间安排，您可以在白天对它进行服从训练，训练课程每次只需5分钟。

我是否提到过幼犬太长时间的睡眠不好？

其实并不是这样的。幼犬就像孩子一样，排泄的次数很多，它最长也就能"坚持"一个晚上。如果在夜里或是早上，幼犬吠叫需要出去方便时，您不要慢腾腾地，应立即从床上跳起来，尽快到达排泄地点。在半夜起来

出去排泄时，也要热情地奖励它们，就像白天那样。这样做不仅可以防止在它的板条箱中排便（如果发生排便，早上起来后您就会看到被它踩的到处都是排泄物），这样也会让它将动作与声音结合起来，这就是当幼犬需要排泄时和您交流的开始。

辨认犬的表现

也有一些视觉表现可以让您知道什么时候幼犬需要出去。幼犬嗅着地板，转来转去就是它在找地方便溺的

嗅觉吸引是家庭训练的基础，幼犬会跟随鼻子找到最适合排泄的地点，用嗅觉反复对地点定位。

最明显的标志。坐在您的脚边低声叫也是一种表现。来到门前，甚至抓门，这是它能做出的最明显的反应！不要将它对着你吠叫误认作"一起玩吧"，除非幼犬几分钟前刚排泄完从外面进来。

不过，如果您需要幼犬对出去排泄做出准确无误的信号，要教它学会按铃或蜂鸣器。伴随着一贯性行为（又出现了这个词），幼犬在一周内就能学会。首先选择一个固定的通往它排泄地点的门，这个门应该是您和幼犬最常用的。

在门把手上挂个铃铛或是在门旁放一个蜂鸣器，现在在宠物商店就可以买到。蜂鸣器形状多为一个脚掌印，当按下这个掌印时，它就会发出声音。牛头铃或是小铃铛可以在工艺店买到，用一个结实的绳子挂在门把手上可以来回摇摆。也许幼犬喜欢抓墙或抓门，您可以再安装一个固定台，让绳子和铃铛离墙远点。

每一次带幼犬出去来到门前的时候，在铃上擦一点奶酪。当幼犬舔奶酪时，就会使铃铛动起来，这样铃就会响。当铃一发出声音，您就立刻带幼犬出去到排泄地点。到那里以后，

命令其排便，重复命令直到它排泄完，然后表扬并奖励它。

如果您使用蜂鸣器，就要诱导它去按蜂鸣器，可以使用一小块食物或是它喜欢的玩具。当它按响蜂鸣器时，把奖品给它，并立即带它到排泄地点。

在出门之前要一直用奖品诱导它去按铃或蜂鸣器，直到幼犬开始学会自己使用铃铛或蜂鸣器。记住，您必须在每次带它出门前都这样做，否则它就不会把声音和行为联系在一起。

现在您就知道如何才能保证家庭训练成功了吧。但是如果有在室内排便的情况发生怎么办？幼犬是否清楚它做了什么？它是否会记得1小时前便溺失禁呢？在早上它能像您希望的那样再多坚持一会儿等您穿上衣服吗？

当幼犬不得不撒尿或排便时，它需要尽快排泄。幼犬的括约肌还没有发育完全，它对家庭规则也没有完全了解。幼犬不能潜移默化地学习，它也不能读懂您的心思，它必须被教导。

犬的记忆力非常好，即使在变老以后也记得年幼时发生的事情。

它们能记住气味和地点，能记住人和其他动物，甚至会记得曾经在哪里排便过。不过，除非幼犬被教导过，否则它不会知道在屋里排便是不对的。这主要取决于主人对它的教育。因为它不知道的事情而惩罚它是不公平的。

时刻关注您的幼犬并为它制定固定的作息时间，可以让它学会应该在哪里排泄。把它的鼻子按在排泄物上、向它大吼、打它、猛推它只会让它对您产生恐惧，并不会使它明白不应该在屋子里便溺。我曾听过这样一个笑话：

弗雷德的邻居鲍博问他："你对斯皮克进行的家庭训练怎么样了?"

弗雷德回答道："非常好！才刚刚3天，它现在就能够自己出去便溺了。"

鲍博问道："你是怎么做到的?"

弗雷德说："3天前我下班回到家后，看到卧室里有一堆狗屎，我立即把斯皮克抓来，把它拖到那里，把它的鼻子按在狗屎里，然后把它扔了出去。第二天我下班回到家中，看到卧室里又有一堆狗屎，我就又把斯皮克抓来，把它的鼻子按到屎堆上，然后

如果没有花园，可以训练幼犬在散步的时候排泄，但要记得清理！

把它扔到门外。昨天，当我回到家时，斯皮克立即跑到卧室，把鼻子插到那堆冒着热气的狗屎里，当我走进去时，它就冲出了门外。"弗雷德拍拍胸脯骄傲地说："多么聪明的狗啊。"

保证幼犬学会正确的行为主要取决于您。不仅是因为它想学会您所教的，还因为它要学会正确的事情。

当你们相互了解所讲的语言时，幼犬将成为被您认可的伙伴和家庭成员。

为犬着想

如果您不能看到真实的场景又怎么能做到呢？这比声音能获得更多的交流。犬的交流可以使用身体、嗅腺、嗅觉和触觉。语言表达也是其中的一部分，但它们仅仅是一小部分。

许多人相信如果他们说话慢一点，声音大一点，幼犬就会听懂他们的话。幼犬怎么能听得懂呢？它不会讲英语！您学会一门外语要花多长时间呢？几个月？几年？

幼犬的确学得很快，但大部分都是通过行为。当它学习您的行为时，学习您对它特定行为的反应时，它能够学会和这些行为一起出现的语言。遗憾的是，如果您变得困惑、气恼、准备放弃时，幼犬就会表现出恐惧、好斗或是安静。如果您不能和围在身边的它们交流，您会有什么感觉呢？

为什么有些犬最终进了收容所或是被遗弃？因为它们的主人从来没想过"为犬着想"。

当孩子和幼犬在一起时，您一定要在旁边监护。

要成为一个优秀的犬主人和训犬师，您必须首先了解犬是如何交流的。一旦您可以"为犬着想"，您将会拥有一个完美的伙伴。

犬是十分忠诚的。它们不会说谎。它们不会在事情进行中改变自己的想法。它也不会理解模棱两可的词汇，例如"有时"、"或许"、"这次可以，但下次不行"。它也不会理解您上班、晚上或是出去玩时的穿着有什么不同。它们所知道的只是怎样得到食物和获得关注。如果有什么事情可以让它们得

到一块食物或是您的抚摸，它就会继续这样做，因为这样也可以得到奖励。

不管您怎么做，只奖励那些您希望幼犬做到的行为。例如，如果您不希望幼犬跳到身上，在它跳上来的时候就不要理它。如果您希望幼犬去玩玩具而不是玩椅子腿，那么在它坑玩具的时候和它一起玩或是表扬它作为奖励。

作为人类，我们无法控制我们身体散发出的气味，我们不经意间发出的气味取决于我们的情绪，这也就是

毛绒绒的幼犬看起来非常可爱友好，将来会成为主人最好的朋友。作者米丽娅姆·菲尔茨-巴比诺怀抱着一对金毛寻回犬。

爱犬为什么能很快知道我们高兴、悲伤、开心或是生气。

不过我们可以控制身体语言和话语。这就是如何使用我们的感觉和信号来成功和幼犬进行交流。耐心和恒心非常重要，让我们接下来逐一了解这些感觉和信号。

与犬进行交流

声音

幼犬是来到您家后才开始熟悉您的语言的。就像人的孩子根据所生活地区的地方语言而学会不同的方言一样，幼犬在您家中也可以学会这些"方言"。但它需要被教育。它必须以明确的方式学习。您把语言和一个物体或是一个行为结合起来重复的次数越多，它就能越快地学会这句话，也就是说，练习得越多，学得越快。

通过学习您的语气，犬的学习进步最快。犬用三种不同的语调进行相互间的交流：高亢快乐的音调，恳求的语气，以及低沉的、攻击性的恐吓性音调。主人在适当的时候使用这些语气，再结合视觉信号，就能让它们懂得你的意思。

当表扬您的幼犬的时候，要用高亢快乐的语调。表扬用语应简单明了，例如"好的"或"不错"。不要讲一大串话，解释幼犬为什么做得好。只需要用热情的语气重复简单的词语就足够了。人类孩子的第一句话可能是"爸"或"妈"，并不是"妈妈，我要奶瓶"。用简单的单个词语可以让幼犬学得更快。

当您给幼犬下命令时，在命令前面要加上它的名字。这样很快就能让它听懂它的名字，然后用权威性的语气给它下达命令（命令的口气）。您不需要大声说，您的声音比正常声音小

澳大利亚牧羊犬聪明警觉。当您对它说话时，您会希望它脸上有这种关注的表情。

两倍，幼犬也能听得到。只需用正常音量命令您的幼犬就足够了。相对于恳求，它会对您的命令作出更快速的反应。这正是因为您所使用的口气。

当下达命令时，您只需要说一次。这会让您的幼犬更好地理解其中的意思。如果它对您的命令没有什么反应，可能是因为它没有听懂，给它演示和这个命令相关的动作。可以用玩具或奖品诱使它完成正确的行为，也可以轻轻地把它放在正确的位置上。

再说一次命令，强迫它对此做出行动，这样就可以教会幼犬懂得命令的意思，并敦促它对命令作出反应。有些人认为最好是重复一下命令词语，因为或许是幼犬没有听到，或许是它虽然听到了，只是偶然作出了反应。这不是正确教导幼犬的方法。这样只能引起它的困惑。如果您希望幼犬对您的第一个命令作出反应，那么在为它演示其中的意思时要只使用一个命令。

当纠正幼犬的行为时，要用低沉的语气，不需要大声喊叫。犬之间的低吼，实际是相当轻柔的，但具有威慑力。这是从喉咙里发出的、恐吓的、低沉的声音。您的幼犬可能会对这种

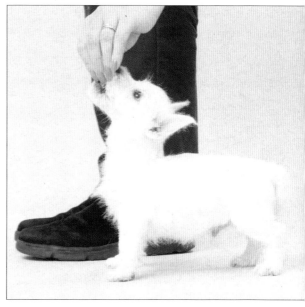

用奖品引导它，演示您所要求的动作，这样您就可以奖赏它的优秀表现。

声音立即作出反应。它会从母亲和兄弟姐妹那里记住这种声音。

可以设想一下，如果您自己在国外，不会讲那个国家的语言，您想找一个地方睡觉或吃饭。您试着和他们说，可是他们不明白您的意思。如果您对着他们喊叫，他们也会对着您喊，不过如果您指着所需的东西说话，他们就会立即明白您的意思。

它们用自己的语言回应您，并给您提供所需要的帮助。您和其他人都是在学习。

现在设想一下，如果您正在宴请

国外的宾客。这位客人不懂你们国家的语言。您打算做得更多一些，通过指着物体教会他这个物体的名称，您不停地重复。最后他终于学会了。他现在想要吃东西，说："走，走，走，桌子，桌子，桌子，坐，坐，坐，坐。"很可笑，不是吗？然而您的客人认为这就是正确的方法，说："我们坐下来吃饭吧。"他没有觉得这有什么可笑的。

给幼犬演示你的命令的含义，幼犬才会懂您的话的意思。指引和强迫可以让幼犬把命令和行为联系在一起。

视觉 / 身体语言

犬用视觉交流比其他方式的交流更多。从它们的耳尖到尾尖，它们身体的每一个部分都可以传递信息。理解犬的身体语言是训练成功以及最后和您的犬建立长期关系的关键所在。

耳朵：耳朵向前竖起意味着犬进入警觉状态。这种警觉姿态可能是统治犬的表现，或者只是对什么东西产生了兴趣。如果您正和幼犬在一起，

幼犬会对您作出反应，依照您的意思行动。如果您的语气很兴奋，它也会兴奋起来！

一定要奖励幼犬对您作出的积极反应，这样它就会毫不犹豫地对您的命令作出反应。

69

那么后者的可能性更大。如果是在训练幼犬的过程中，您就能确定它是被什么东西吸引而分神了。

耳朵向两侧张开竖起意味着它注意到什么东西或者是对什么东西保持着警觉。如果是在训练过程中，您会看见它的耳朵竖起，向两侧转动。当它的目光离开您的时候，它的注意力时限就到了。当训练幼犬时，这种情况通常会发生在训练5~15分钟的时候。

当它的耳朵软软地耷在两侧的时候，意味着它非常放松。对于折耳或是耷耳的幼犬来说，要看它的耳根部。如果是向前的，幼犬就处于警觉状态，如果向两侧，幼犬就处于放松状态；

这只犬的耳朵的状态表明在用手套刷梳理时很放松。

如果向下，就是害怕状态；如果向后，就是担忧状态。放松状态的幼犬不能集中注意力训练。幼犬需要大量睡眠。您最好是在它打过盹以后或是进食前对它进行训练。

耳朵只是稍微向后可能意味着正在听或是意味着服从，通常是其中一种原因。幼犬屈服于您，并时刻留意您的要求。

耳朵平放在头顶上绝对意味着屈服和（或）害怕。处于恐惧状态的会咬人的动物会把耳朵平放在头顶上。

不要强迫它工作，哄哄它，用食物或是玩具使它相信训练和沟通是很有趣的。要小心翼翼，放慢脚步。强迫这样的犬工作只会让它困惑和愤怒。

头：头抬高表示它对刺激的事物

斗牛㹴的耳朵向两侧张开呈现出警觉的姿势。

目光接触（或是缺少目光接触）意味着幼犬处于优势地位或是服从地位。

感兴趣或是警觉。这也表明它处于支配者的地位。在您和幼犬一起的时候，头抬高意味着幼犬很高兴，对于活动很感兴趣。许多犬都喜欢玩具。幼犬很喜欢把玩具叼起来拿给它的兄弟姐妹或是给主人，摇头摆尾地发动游戏。

头处于放松的角度——不太高也不太低，当然这是处于放松状态的犬。这不是进行训练的最佳时间，不过这是您做家务的最好时机。

目光向下看，表明是处于屈服状态。您的幼犬感到很悲伤或是有一点害怕。和它一起玩游戏会让它感觉好些。不过，如果这是它做错事后的目光暗示，这时候您给予它任何惩罚都是很有效的。

当幼犬头向下，脖子向前伸，这表明它正处于非常屈服的姿态,通常在幼犬或屈服的犬中出现。让幼犬接近您，此刻它正表现出悲伤、恐惧或害怕。您不要向它走去，它或许会打滚或撒尿。

这只腊肠犬的耳根向前，头略略抬起，说明它正处于警觉状态。

眼：眼睛能表达出很多信息。直接的眼神交流是统治的姿态。如果您遇到一只幼犬盯着您目不旁视，不要把它带回家。

这是一只具有统治欲望的犬。一般犬都会先把脸转过去，特别是幼犬一般都会屈服。如果幼犬不看向别处，这可能说明它曾与其他犬有过一些接触或者天生就是那种具有统治欲望的犬。

闪烁的眼睛是屈服的表现。如果您直盯着它的眼睛而它目光闪烁，那就说明它对您表现出屈服。幼犬或许会盯您一会，然后转过头，这不是挑衅的意思，而是它接受了您。面部表情柔和地看着您，不是直接盯着您的眼睛，就是它在注意您。它或许偶尔会眨眼，但不是经常的。幼犬处于放松状态。这种犬在任何时候都不会挑战您的权威，都会对您关注。

嘴和牙齿：犬的嘴部可以传达很多信息。嘴唇放松意味着爱犬处于放松状态。嘴唇向上可能意味着攻击或是屈服，这要取决于嘴唇上抬的程度。嘴唇在齿龈和牙齿之间，只露出门牙上半部，这意味着它很高兴，也是特别可爱的。嘴唇向前，只展现出门牙，就是屈服或害怕的表情，但也要和眼睛的表情相结合。这也和身体其他部位的语言有关，例如尾巴快速地摇，头向前伸，跳来跳去或是静静地站在人旁。如果嘴唇向上展现出所有的牙齿，向后退，就是攻击的表现，特别是当它喉咙里发出低沉的吼声的时候。

发出声音的音调和犬的表情有很大关系。高声，例如吠叫，表示高兴；中度的声音，例如大声的吠叫，表示请求；低音，例如低吼，表示攻击。如果您的幼犬露出门牙吠叫，它是在邀请您一起玩游戏。露出所有牙齿低声吼叫是警告您离远点。幼犬很少会有后一种表情。因为大多数幼犬都非常顺从，直到4~5个月大时都非常听话。

身体：处于优势地位的犬会力图

肚皮向上躺在地上，肚皮暴露出来，这只犬表现的是顺从的姿态。

使自己看起来高大些。它会支起脚，抬高头，尾巴伸直向上翘起，背毛竖起。游戏中的犬也会出现这种姿态。在幼年时期并不是真正要展现出优势，只是在玩耍时假装出来的。

放松状态的犬会保持正常体型，尾巴向下（某些品种的犬的尾巴卷在后面，呈放松状态）。它的耳朵左右旋转，但是不会向前竖起。这只幼犬对目前的状态很满意。它不会攻击任何人，会很友好地接受它的同窝幼犬和群内的成员。

一只正专注于训练的幼犬的面部会有露齿微笑的表情。是的，就是发自内心的笑容，通常在幼犬享受它的训练时会看到。它是欢跃的，尾巴慢慢地摇来摇去，目光中流露出快乐的光彩。

幼犬邀请您同它一起玩时，会用前肢趴在地上，后肢翘起，摇晃尾巴，甚至有些幼犬会吠叫，恳求您加入到游戏中。许多人误认为这是攻击的表现，特别是在幼犬轻咬时。这只是幼犬邀请的形式，您的幼犬只想让您加入游戏中。

有两种不同的顺服表现：积极的

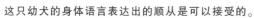

这只幼犬的身体语言表达出的顺从是可以接受的。

和消极的。积极顺从的犬可能是当被逼至死角让它看不到出路时才会咬人的那种犬。它会放低身体，背毛竖起，脖子前伸，露出牙齿。尾巴夹在两腿之间。不要接近有这种行为的幼犬。

有些犬不会发出低吼作出警告，它们会猛然出击。如果您坚持要这样的幼犬，应慢慢地接近它，蹲下身来，不要把它逼至一隅，给幼犬一些时间让它主动接近您。不要伸手去摸它，让幼犬先闻您。做每件事都慢慢来而且要有方法，要让幼犬先采取行动。

一只被迫顺从的幼犬会试着让自己看起来小一些。它会把尾巴夹在肚子底下，头低垂，或许可能躺下，露出肚皮。有些幼犬可能会撒尿。千万不要将服从时的撒尿误认为是家庭训练问题，也不要因为这类事而惩罚幼犬。它只是想表达您是主人，它会服从这种地位。大多数幼犬长大后就不会再有这种行为，因为它们已经对周围环境和家庭成员很了解了。

触觉

谁不想抓来幼犬抱一抱呢？当然我会想的。我发现对我最有怡神效果的就是怀抱着一只幼犬或小猫。

它们温暖的小身体和新鲜的气味，包括奶味，简直好极了，可以让我心神安宁，头脑清晰。

就像您喜欢抚摸您的幼犬一样，它也喜欢被抚摸。每次您抚摸幼犬的时候，都是对它的一种奖励。也就是说如果您的幼犬做了什么它不应该做的，不要抓过来责备它。您只需要在它改正以后奖励它。如果责备它，只会让它更困惑。而且幼犬再也不会喜欢被抓起来了。

在任何时候，如果幼犬做了让您认可的行为，抚摸它，轻抚它的头、耳朵或肚子，抓抓它的背。当您抱它的时候，抚摸它的脚，捏捏它的耳朵，抬抬它的嘴唇。这样做以后它就再也不会惧怕被抚摸全身了，这样您就可以给它做耳部清理，为它刷牙，剪趾甲等等。

味觉

除了抚摸和表扬外，味觉也是幼犬的动力来源。

它总是会品尝物体是否可以吃。椅子腿是不是味道很好呢？这个手指怎么样呢？也许这种植物有很多汁。当犬还年幼的时候，它咬起来不算硬，

尽管咬人是犬的正常行为，但是千万不要容忍，因为它长大后会逐步升级。

也不会造成破坏，不过如果这种行为任其发展，在它长大后就会变得很糟糕。另外，如果幼犬吃了有害的或是有毒的东西可能会伤害到自己或是引起疾病。您的引导才能确保幼犬吃到安全的东西，这是为了它的安全，也是为了使您的物品不会受到不必要的损失。

在训练中使用食物奖励，可以提高幼犬对训练课程的兴趣，能给它做出正确的引导，也可以慢慢地延长它的注意力时限。特别是您在它进食前进行训练时使用食物奖励效果更好，因为幼犬饥饿时的注意力最集中。

在进食前的训练中，幼犬会得到奖励，您要确保不会用"幼犬糖果"

喂饱它，这样会替代它正常的营养。用它平常的粗粮作为奖励，或是有营养的食物作为奖励，例如冻干的肝块，都会很有利。也可以用一小片蔬菜或水果，例如胡萝卜、花椰菜、苹果或梨。这些新鲜的食物有利于在进食粗粮正餐前帮助消化。生蔬菜和水果可以激活它体内的酶，促进其消化。

您可以利用幼犬的味觉，引导它从啃咬不适合的东西转到正确的物体上。在您的家具上或是家中的装饰物上涂一些难吃的液体（可以在宠物商店买到，标有防止啃咬的标志）可以帮助幼犬远离那些东西。给它们提供大量的啃咬安全的玩具，可以让它们把注意力放在正确的事物上。

幼犬训练课程

您所做的一切和幼犬有关的事情都应该是积极正面的。训练并不难。如果您想让幼犬做到您要求它做的并希望它可以为您工作，那么在它做这些事情的时候一定要有乐趣。寓教于乐是保证您的幼犬喜欢训练课程的最好方法。缩短训练时间是让幼犬喜欢它的工作的另一个方法。

幼犬的注意力时限很短，一般来说只有5~10分钟。如果您每次只训练它5分钟，就会取得最大的成功，但是一天中训练的次数要多。有许多办法可以让这种方法适合您繁忙的时间安排。这比从一天中抽出一个小时来进行训练容易得多。

您可以在幼犬每次进食前训练它几分钟；您也可以在其他的家庭成员从学校或是单位回家后一起训练它；您也可以在幼犬精力过剩时对它进行快速的训练。在幼犬警觉以及精力充沛时训练它，是训练它建立正确行为

的好时机，而不应该让它自己去发明创造一些行为，那些行为通常都是错误的，您也不希望它会有。

幼犬认为它的训练是玩耍，而实际上它是在学习。寓教于乐是最有效、最积极的，可以得到持续一生的训练结果的训练方式。如果幼犬觉得训练很有趣，就会维持更长的注意力时限，也会期待每一次的训练课程。

每一次5分钟的训练课程的开始

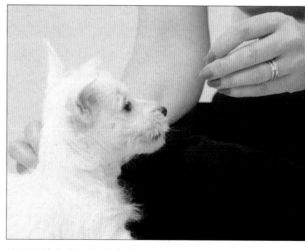

这只西敏寺犬盯着移动的手。

通向幼犬心灵之路……

都要让幼犬寻找"目标"。这有助于集中它的注意力并为学习新的行为做准备。实际上，训练的前几分钟的目标训练中它会很容易学会坐下。许多具有优势权的幼犬也会对目标训练作出良好的反应。这里要强调的是，没有牵引绳的训练都应在院子里、或在安全的围栏里、或在封闭的环境里进行。

目标训练和坐下

在开始第一次训练前，要给幼犬一些奖品，在它从您这里取走的时候说"好"，重复做几次。下一次，把奖品放在手心里，把手放在它可触及的地方，等它去用鼻子碰您的手。说"好狗"（用它的名字代替我所使用

在教它坐下的时候，在幼犬的头顶上移动奖品，会使幼犬在向上看的同时用后肢坐下。

在幼犬试着得到奖品的时候会有一些烦躁不安。

在幼犬没有做出正确的动作前不要给它奖励，否则，它会学会什么呢？

的"好狗"），把奖品给它。这样重复2~3次。

接下来，将手轻轻地左右来回移动。当幼犬的鼻子一直跟着目标移动时，表扬它并给它奖品。再加一个上下移动的动作。幼犬跟随目标移动时就奖励它。每一次奖励前都要增加一些训练要求。

现在开始训练坐下（在第一次训练课程中我们还有点时间）。将您拿着东西的手放在幼犬的鼻子前方，向它眼睛的上方抬高一点点。在您做这个动作的时候说："狗儿，坐。"这时幼犬会盯着您手里的东西，它的头向上

使用奖品引诱幼犬，把手放在幼犬头的正上方诱使它做出坐下的姿势。

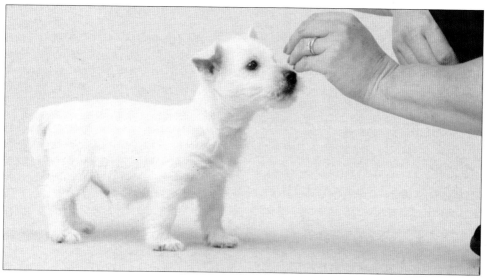

幼犬会跟随目标，特别是当奖品是美味的食物时。

伸，后肢下蹲，就像一个跷跷板。当它的屁股挨到地面时，表扬它并给它奖品。要确保您给它奖励的时机的正确性。幼犬会很快站起来，就像它们很快坐下去一样，因此，您应该让幼犬知道是因为它们坐下来才得到奖励的。

所以，要确定它是真的坐下来了，再把奖品给它。

通过这种练习您就可以教会幼犬停下它正在做的事情，静静地呆在那里集中注意力。这一点非常重要，因为如果您不能引起它的兴趣，它就不会去学习。比起花些时间去做实际行动，给它解释怎样去做这个动作要花

当说"过来"的时候，将拿着食物的手放在幼犬的鼻子下引诱它向您走过来。

更长时间。在幼犬的第一次训练课程中它能盯着目标并学会坐，那么下次训练"过来和坐"时它也会做得很好。

过来和坐

您的幼犬必须会做的最重要的一

户外训练更容易分神，所以要依靠您的诱饵使幼犬集中注意力。当在户外训练的时候，如果没有围栏，一定要用牵引绳。

件事情，就是当召唤它时，它能来到您这里。幼犬通常都会和它们的同伴紧靠在一起，所以这项练习会自然而然地进行。幼犬在长到 4~5 个月大前都会感到不安全，它希望一直呆在您的身边。

把拿着东西的手放在幼犬的鼻子下面，让它闻一闻奖品的味道，然后一边向后退 2~3 步，一边用欢快的语调说"狗儿，过来"。它会立即跟随过来的。当它向您走来后要热情地表扬它。如果用的是一个响片，当它看向您的时候响第二下，给它一些奖励（发出响声的恰当的时间会在括号内说明）。接下来，让它向您走几步（发出响声并给它奖励）。在它正确的、积极的行为上逐渐增加训练量。不要期望

得到立竿见影的效果。

在您停下脚步时，把您的手放在幼犬的头部上方、两眼之间的地方，这样它就必须向上看。您的手距离它的鼻子不能高于两英寸，否则它就会跳起来。当幼犬向上看时，您要说"狗儿，坐"。当它的后肢蹲下时，奖励它（响一下），并给它奖品。

在接下来的"过来"命令训练中继续增加您向后退的步数，这样幼犬就会从逐渐变长的距离走向您。每一次它走到您跟前的时候，都要让它坐下。您最不希望幼犬出现的情况是过

用幼犬感兴趣的东西引诱它走向您的时候，您要向后移动。

当幼犬来到您前面后，诱使它坐下。

来后再走开，或是过来后跳起来。过来和坐下训练会让幼犬保持对您的注意力，并教会它正确的行为。

一旦幼犬对过来和坐的命令作出稳定的反应时，在它常用的项圈上绑上一个轻质的牵引绳（要有 1.5~2 米的长度），当您和它在一起时让它带着绳子。

不要拉扯或用幼犬无法理解的方式去处理牵引带，而应该让它逐渐习惯有牵引绳的感觉。在您附近的安全区域里，您不需要拉着绳子。

转圈训练

当幼犬已经学会"过来和坐"时，就是全家人加入进来的时候了。首先

这只腊肠犬来到主人身边后集中精力地坐着，等待下一个命令。

在您收起幼犬的牵引绳的时候，要引诱它向您走过来。

必须每个人单独和它进行"过来和坐"的练习，这样它就能够服从每个人的命令。然后，两个人面对面地站在间隔约2米的地方。这就是来回游戏的站位。来回游戏的基本原则就是教会幼犬怎样展现特定的动作，例如坐、停、卧、过来。

这种类型的训练有许多好处。首先，幼犬会玩得很高兴，这样就可以维持较长的注意力时限；第二，它学会了为家里的每个人工作，而不是只对一个人；第三，它会很疲惫，在这种训练后需要几个小时的休息，疲惫的幼犬不会制造麻烦，这样也可以让您清闲地休息一会。

开始时，其中一个人召唤幼犬过来。当它坐下后，给它奖励，然后另外一个人召唤它。幼犬会轮流到每个人面前，面对召唤它的人坐下，再回去。这样进行几次之后，向后迈一大步增加你们之间的距离，这个时候要让另外一个人吸引幼犬的注意力。您可以一直把距离增加到5米远，在刚开始训练时如果距离大于5米就有点太远了。幼犬很容易疲劳，如果它累了，就会失去注意力。

如果在这种来回的路程中幼犬开始分神了，那么最后一个召唤它的人应该把奖品放在它的鼻子下面，试图

正确的随行站位是站在您的正侧方。

重新吸引它的注意力。如果这还不行，那么这个人就应该抓住它的牵引绳（记住这时幼犬应该是带着牵引绳的），把幼犬牵到面前来。这一点非常重要，因为这样幼犬能很快判断出是谁下达的命令，幼犬不会服从那些命令无效的人。

随行和坐

转圈训练和过来、坐的练习很容易转变为随行坐下训练。幼犬对这种

不应让幼犬跳起来去够奖品。训练的目的是为了用奖励吸引它，让它跟随您。

训练已经有了一些了解。它知道要跟随目标，当它接近目标后，必须坐下来接受奖励。这样，您需要做的就是将您拿着东西的手从幼犬的正上方移向您的左侧，幼犬就会来到您的左侧坐下。

开始时，让幼犬完成过来和坐下的动作。当它坐下后，您就移到它的右侧，您的左膝和它的肩部同高，这是正确的随行站位。让幼犬学会保持这样的位置十分重要；否则它就不能保持注意力。您可以让幼犬拖着牵引绳，或是您也可以拉住牵引绳，用右手握住，不要束紧，这样您就不会拉

幼犬很小，要尽量把奖品靠近它的头部。

当幼犬长大一些后,最好是在正式的牵引带训练时带上项圈,比如头套。训犬师会给您一些关于项圈佩戴方面的建议,并指导您如何正确使用。

着幼犬。

用奖品吸引幼犬的注意力。然后把奖品放在您的左膝关节的高度。当幼犬的鼻子碰到您的手时（响一声），表扬它的同时奖励它。当它吃完后，说："狗儿，来"，然后左腿迈出一步。先迈左腿是为了让幼犬先从视觉上了解随行命令。在您的左腿向前移动的时候，幼犬也学会跟着向前移动。

只迈一步，然后停下来。幼犬很喜欢跟着诱饵，跟着您一起向前移动。当它这样做的时候，表扬它（响一声）。当您停下来的时候，说："狗儿，坐"。当它坐下来的时候，表扬它（响一声）并给它奖品。进行随行训练时，每次增加您迈出的步数。短时期内，您和幼犬可以一起走5步，然后是10步，然后是20步或更多。当可以走更多步时，您可以接着一个转身，然后停下来，这样可以保证幼犬一直在您的左侧。在以后的训练中，转身是保持幼犬注意力的最佳方法。

随行训练只能进行3次，然后就应该休息，这样可以保持幼犬的注意力和对命令的积极反应。在5分钟的训练时间内，您可以做一系列的4~5小步的随行训练和几次过来和坐下的

当您停下来时，应该诱导幼犬保持坐姿。随行训练的开始和结束都应该让幼犬坐在您的旁边。

训练。

如果幼犬对诱饵不再着迷，而对风吹起来的叶子产生兴趣，那么你应

当幼犬到达您的腿旁时，诱导它坐下，然后奖励它或是按一下响片。

用诱饵诱导幼犬转身。当您改变方向时，它会跟随您拿着东西的手跟着转弯。

在您移动的时候使奖品与幼犬的眼睛同高，这样它就会一直跟着您移动。

该把奖品放在它的鼻子下，试着让它靠近您，减少随行的步数。也许是现在的奖品对它的吸引力不大了，可以试试其他东西。如果幼犬对叶子或玩具感兴趣，或许拿着这些东西也能维持它的注意力。奖品也不必是食物，如果幼犬喜欢追皮球或玩呢绒玩具，您手里拿着这些东西时也会吸引它的目光。

另外吸引其注意力的方法是，当幼犬对于随行相当熟悉时，您可以不时地变换步伐。不管您走得快或慢，

带着牵引绳的头套是非常有用的训练工具，不过在训练的开始阶段不需要。

在幼犬训练完以后，拍拍它的头，给它一些放松时间。

在转身的时候，鼓励幼犬跟上您的步伐，不要落在后面。

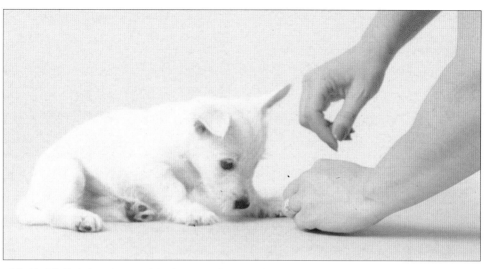

用奖品诱使幼犬鼻子向下，就有希望让它的整个身体卧下。

幼犬必须学会一直在您的身侧。实际上，吸引分神的幼犬注意力的一个方法就是慢跑一小会儿。大多数幼犬都会急切地追在迅速移动的玩伴后面。在短距离的冲刺中可以改变步伐。当幼犬追上您的时候一定要奖励它。当幼犬到您身旁的时候，停下来，让它坐下，给它奖励或表扬它（响一声）。

如果幼犬动作过大，转到您的右侧，应诱导它回到您的左侧，然后再停下来，当幼犬坐下后，奖励它。

卧下

幼犬训练课程的下一个命令是卧下训练。这个命令最初可以在来回游戏中与坐下命令一同教给它。在第一个来回中，让幼犬坐下，在下一个循环中，让幼犬坐下然后在下一个人召唤它之前让它卧下。这样做很重要，因为您也不希望让幼犬认为到达您身边后应立即卧下吧。它应该一直是过来后先坐下，等待它的下一个命令。

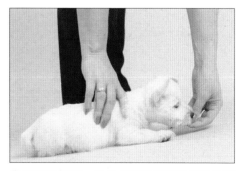

在随行训练时，当幼犬在您身旁时进行卧下训练。

在帮助幼犬卧下时，在幼犬肩胛上轻轻施加一些压力。

幼犬在休息的时候会"呼"地卧下，不过它仍然会拒绝根据命令在设定的位置卧下。

犬的模仿力很强。对某件事情您只需要重复3次，幼犬就会学会这个动作，并服从您的命令。不过最好您要知道

这只法国斗牛犬很优雅地摆出坐下/等待的姿势，一定经过了专业训练。

幼犬是真正喜欢和您一起做这个动作，而不是强迫训练，只是模仿而已。

卧下训练有时很难进行，因为这是一个服从的姿势。不过，因为大多数幼犬很容易放弃优势地位，所以也应该不成问题。有些幼犬可能在很早的时候就会有优势意识，不会轻易卧下。

使用一些充满诱惑力的奖品或是玩具来诱导，以确保这项训练的尽可能的积极性和正面性。

当幼犬来到您的身边，坐在您的面前时，把奖品放在它的鼻子下面，拿着奖品，在您说"狗儿，卧下"的同时给它卧下的信号。它应该会跟着奖品，至少它的鼻子会伸出去。即使它只是盯着看，也要为它做出的姿势奖励它。下次提高它的动作要求，例如让它的前肢向前伸；这之后，应该

在教幼犬等待的开始阶段，您拿东西的手应该一直非常接近它的鼻子，但不要真正碰到它的鼻子。

是它的前肘全部弯下；接下来，它的腹部全部着地，用手把幼犬的腰部向下压。如果幼犬拒绝全俯在地上，可以在它肩胛后方稍稍用力下压，这时您要给它奖品，诱导它并下达卧下的命令。当幼犬在来回游戏中学习了卧下命令，您可以把它加入到随行坐下的训练中。您每停下 2~3 次的时候，让幼犬坐下后，在得到奖励前让它卧下，然后再进行随行训练。每一个环节都尽量保持积极的态度，这项训练进行得越多，幼犬就越会认为这种姿势是安全的姿势，就越认为这是一个可以得到奖励的训练。

总之，当它卧下后，给它奖励，摸摸它的肚皮，还有什么会比这更好的呢？

等待

下一个幼犬需要学习的命令就是等待，这对幼犬而言是最难的事情了。幼犬会一直不停地动来动去，让幼犬静静地呆在某一个地点，这可不是它喜欢的事情。如果您能训练幼犬保持坐下/等待或是卧下/等待的姿势 30 秒，那么您就很成功了。如果您能让它保持 1 分钟，那么您的幼犬就是天才，您就是一个伟大的训犬师！

等待的命令需要您通过逐渐提高标准即逐次近似法来实现目标。这种训练方法是指为既定的训练慢慢提高标准。例如，当您用迈出一步，教幼犬随行，在此基础上，您可以应用逐次近似法。当幼犬可以完成两步时，您就可以增加步数。不久以后，您就可以走出 10 步，然后转个身。

您每给它一次奖励就可以提高一次标准。

在第一次开始来回游戏时教会幼犬这个技巧。当幼犬到您的身旁并坐下时，将您的手掌放在它的鼻子前面（但不要碰到它的鼻子），然后说："狗儿，等着。"将奖品放在手中拿着，放在幼犬鼻子附近，在 3~5 秒内不要给它。当它保持正确的姿势时表扬它（响一声），给它奖品，然后下一个人

当开始坐下/等待训练时，把奖品放在幼犬的鼻子附近，直到它保持坐姿3~5秒后再给它奖励。您可以慢慢地增加在给它奖励前坐着的时间。

召唤。每次都要让幼犬过来坐下，每次在它得到奖励前都要增加它保持等待姿势的时间。

因为您在短时间内要做的事情很多，所以不时地看表是非常不协调的。更方便的办法是用"好样的"来计时。1秒等于一个"好样的"。第一次完成"等待"训练时，您会计数"好样的"1~2次。下一次幼犬会得到2~3个"好样的"。这样继续下去，直到幼犬可以保持原地不动至少30秒。

当您一次给幼犬5~6句表扬时，

幼犬可能会动起来，试图去下一个人那里，那里也许只需要简单地做一个坐下的动作就可以得到奖励。当幼犬到您身旁并坐在您面前时，您可以牵住它的牵引绳不让它走。如果它站起来，您可以用诱饵诱导它回到原位，重复"等待"命令。

当它回到原位后，再次对它说"等待"命令，但这次可以把时间缩短到2~3次"好样的"。有时您为了前进需要做些退步。当您和幼犬在一起时，

站在幼犬的前面，两个人面对面站着，开始坐下/等待训练。

每件事都要尽可能是积极的。回到宽阔的地方（在这种情况下，等待的时间不要太长），以增加幼犬对运动的渴望。

　　每次进行训练时，增加幼犬等待的时间。几个星期内，它就会成功地等在原地不动。也可以和卧下命令一起进行等待训练。记住要不断变化训练的内容，让幼犬保持注意力，让它学会听从你的命令，胜于只学会模仿。

　　如果幼犬能够保持坐下/等待30秒以上，那么就是进行下一项动作的时候了，当幼犬保持坐姿的时候，你

卧下/等待训练的第一步是让幼犬卧下。

可以在它周围移动。

　　慢慢增加移动的速度。刚开始时您可以面对幼犬左右移动。然后，在下一次进行等待训练的时候，在它的

当幼犬卧下后，用和您教它坐下/等待时一样的视觉信号教它等待，把您的手掌放在它面前。

在训练当中，当幼犬坐下或卧下的时候您围绕幼犬移动。

两侧从前到后移动，即从它的头到它的后腿。当幼犬学会在您移动的过程中始终保持坐姿时，您就可以开始绕着它转圈了。

当幼犬站起来的时候，一定要把它放回原位保持坐姿。要尽可能接近您开始让它坐下/等待的地方。这样，幼犬就能学会呆在您让它停留的地方，而不是它自己选的地方。让它跟着您

移动到另外一个位置也会降低幼犬学会等待的可能性。它必须呆在您把它放在那里的地方，保持一个方向。它的头部可以跟随您移动，但是身体不能动。这对您的幼犬来说很难做到，不过学会这一点很重要。

当幼犬接受了您在它的周围移动，那么就可以尝试从两个方向转动。然后开始增加您围绕它转动的距离。每次做坐下或是等待训练时，在你们之间增加一步或两步的距离。一周或是两周内，在您和幼犬坐下或是等待的位置之间的距离就可以增加到 6 步。

可以和卧下或是等待训练一起进行这项训练。唯一的不同是，不是您在幼犬的前面左右移动，您首先是在幼犬的右侧来回移动，进而从它身后开始绕圈。当幼犬卧下的时候，如果您到它后面，幼犬不太可能跳起来，因为它不会像注视你在它前面移动时那样，注视到你在它后面移动。

牵引训练

几乎在所有国家，都有犬在公共场合要佩戴牵引绳的规定。您在带幼犬到兽医或美容师那里时，需要给幼

犬带上牵引绳，在公园里散步或在街区漫步时也需要带上牵引绳。

这样您就必须教会幼犬在有牵引带的情况下如何行动。

当幼犬幼龄时，可以使用轻质的、易于清洗的棉质牵引绳。牵引绳可能会被拖到垃圾、尿液上面，可能会被幼犬啃咬以及用来玩耍，因此您应该经常清洗牵引绳。另外，您也可能需要准备两根牵引绳，当一根洗了的时候，可以用另外一根，或者可以在一根被幼犬弄坏了的时候另一根作为备用。嘿，没有一个幼犬是完美无缺的！

基于这一点，幼犬已经学会了在所有训练中都要拖着牵引绳或根本就不带牵引绳。如果幼犬准备带牵引绳，在工作的时候拖着牵引绳，那么它就要为正常的牵引训练做好准备。如果不是这样，在它工作和玩耍时给它带上，让它习惯。在进行牵引训练前，让它佩戴牵引绳练习所有的"幼儿"行为。继续执行每次训练5分钟的方针，让它一直保持进行更多训练的渴望，即使是牵引训练每次也只需要做5分钟。尤其是在幼犬学习新事物时更要坚持5分钟原则。它会比平时更

容易疲劳及紧张，这样就可能更快地丧失注意力。

在进行牵引训练时，您可以先从带着牵引绳过来坐下开始。

您可能希望幼犬学习在牵引下工作时可以继续提高没有牵引时的行为，

训犬师示意幼犬卧下或等待，不过它对这个命令的理解似乎有点过头了。

您也可能希望幼犬能把训练继续当做一种游戏。您手中应该有许多奖品或是它特别喜欢的玩具，以便在恰当的时间给幼犬作为奖励。如果您通过响片来联系幼犬的行为，您可以在握牵引绳的右手中拿着响片，也可以把它放在一边，使用"好的"、"不错"、"对"这类词语，或是吹一声口哨代替。在做牵引训练时，您需要两只手都动起来。在右手抓住牵引绳的时候，左手要拿着奖品。把您的右手放在左臀边或是放在腹部。

不论是在随行或是没有牵引时都要实行统一的规则标准。将奖品放在您的左侧小腿的附近，您在整个训练中应该一直诱导幼犬，在最佳的时间表扬并奖励它。不能因为您拉着牵引绳而改变任何事情。

要注意在训练中不要让牵引绳缠住幼犬的腿。这是使用牵引绳的一个坏处，您可以把牵引绳拉紧一点，但是您可能在无意间拉紧了它的项圈，使幼犬向后退拉，给它带来不愉快。克服一次糟糕的经历，比维持自始至终的、积极的训练要花更多时间。

因为这是比您第一次教它随行更为正式的训练，所以您需要利用更多的转身和停顿来维持幼犬的注意力。幼犬可能会不时感觉到项圈的压力，但您一定不要拖拉它，一旦它落后了或是对其他事物产生兴趣，把奖品放在它的鼻子下诱导它，用热情的语调呼唤它，同时以掌轻击它的腿部。

当准备停下来坐下的时候，停下来，将牵引绳向着您这边拉紧一些。在下达坐下命令的同时，立即给幼犬奖励以诱导它坐下。将命令和奖励联系起来，然后继续进行。在这时最好不要抚摸它，因为这样会让幼犬放松注意力，您就不得不让它重新把注意力集中在您身上。当幼犬坐下并得到奖励后，立即进行下一个回合的随行训练。

每次当您停下来的时候，不要忘记变换训练内容。当您绕着它转动的时候，让幼犬坐下来或是卧下或是等待。您也可以只让它坐下，然后继续随行。即使这是正式训练，训练时间也不能太长。幼犬还很小，注意力时限和耐力还是很短的。它所需要的只是每次5分钟的训练。

什么是正常行为

所有的幼犬都要经历深深影响它们未来的关键行为期。这一章我们主要介绍这种行为会发生在什么时候以及如何应对。了解幼犬的正常行为以及它们很快就会长大以致有某些令人讨厌的行为或其他不稳定的行为，这有助于您渡过难熬的时期。您知道孩子们是怎样经历"可怕的两岁期"的吗？之后，青少年时期，他们怎样变得任性反叛的吗？幼犬也会经历这些阶段。幼犬跟着您到处闲逛，突然想离开你，自己去冒冒险，这也是很自然的事情。

在1~4个月大期间，幼犬要经历

幼犬早期的社会化来自和它同舍的兄弟姐妹的交流。对于金毛寻回犬来说，晚餐正是它们的家庭时间。

当您出去散步的时候，对幼犬有好感的人一定很想摸摸您的幼犬。这其实是给您展示如何让陌生人接近您的幼犬的机会，并可以通过这次机会观察幼犬对陌生人的反应。

多次行为转换。所有这些改变可以分为两个时期：社会化及等级分化。4个月大以后，犬有更多的行为阶段，但是我们这本书主要介绍的是幼犬，在这里只介绍在这一时期您需要了解的前两个阶段。

社会化：3~12周龄

社会化阶段对幼犬的一生来讲是最重要的时期。

在这一时期它的经历将影响它的一生。幼犬必须从母犬那里得到适当的教育，然后和同伴交流，最后学会如何融入人类社会和其他动物社会中。

在3~7周大时，幼犬会和同窝的幼犬及母犬生活在一起。它会学会如何和妈妈及同窝同伴交流。幼犬也将学习玩耍和社交技能。它也要学习社交命令，学会抑制和协调。如果没有这些经历，以后它的行为会变得杂乱

在控制和监视的情况下，小心地把幼犬介绍给您的猫咪。

不堪，在它的新家中会出现行为问题。幼犬在 7 周大前，不要让它和同窝同伴分离。在这之前，有人去拜访它和它的兄弟姐妹或是同它们玩耍也不会有伤害，不过幼犬需要同犬群呆在一起，学会人不能教给它们的东西。

早期让幼犬接触吵闹的声音也是一个不错的主意。这样会预防它在长大后有恐惧反应。每天抽出几分钟时间用录音带或 CD 播放一些诸如吸尘器、汽笛、汽车以及打雷发出的声音，从而使幼犬对这些噪音不敏感。

犬的主人或许需要发出这些或其他类似的声音来刺激幼犬。

幼犬一般会在 7~12 周大时来到它

不是所有的犬和幼犬都喜欢和伙伴分享玩具，所以要对它们进行监督。如果有发生问题的可能，拿走玩具，把犬分开，让它们保持安全的距离。

在社会化时期，幼犬和孩子们在一起的经历会影响幼犬将来对小孩子的态度，因此您一定希望这样的接触是友好的。

的新家。就是在这个时候，幼犬学习的责任完全落在了新主人的肩上。幼犬要经过免疫接种，开始认识它的新家人和新的环境，然后开始它的训练。它的行为就是您指导的直接结果。例如，如果幼犬对某一物体或情况表现出恐惧，不要娇惯它，诱导它去探索，当它这样做的时候奖励它。

类似于把幼犬抱起来，对它轻柔低语都是娇惯。这样的反应会使幼犬更加害怕。试一下用玩具或其他奖励放在幼犬害怕的事物附近。您先摸一下它害怕的东西，告诉它没有什么可怕的。

要尽量让幼犬接触其他人和动物。在您的幼犬接种了所有疫苗的条件下，并且其他犬的身体健康且最近接种过疫苗，您可以让幼犬和其他犬交往。让幼犬多接触孩子和男人也是很重要的。因为这些人是最容易让幼犬感觉害怕的：孩子们的古怪的行为和尖细的声音，男人们盛气凌人的气势以及低沉的嗓音，这些特征都可能导致幼犬不安。

当您开始训练时，要让所有的家人都参与进来。幼犬现在对行为产生了清晰的认识，它需要学会对每个人的命令都能作出反应。现在就开始训练，比以后纠正幼犬出现的行为问题要简单得多。

在幼犬3个月大时，它就已经具备了成年犬的大脑容量，也就是说简单和复杂的行为它都可以学会。您可以教它过来、坐、卧下，也可以教它一些游戏以及在室内的行为。这些课程，包括什么东西它可以咬（它的玩具），什么东西不可以咬（家具），它要在哪里排便（室外，最好是在室内指定的地点），如何对外界特别的刺激例如手势、口头命令、有其他人或动物在场以及喧闹的噪声作出反应。

幼犬会把所有的东西都拿来咬，这是它发现探索的方式。不过这并不意味着除了玩具以外的其他东西就允许让它咬。幼犬天性的行为不一定就是被允许的行为，这主要取决于您对它的正确引导。

在这一时期，您的幼犬会处处跟随您，它具有群居的天性，会和您保持亲近。它似乎已经做好了接受训练的准备，因为它是如此渴望可以呆在您的身旁。这时它也不会带来麻烦，因为它需要很多时间睡觉。

等级分化阶段：12~16周龄

在这一时期，幼犬开始换牙。它的门牙开始脱落，新的牙齿开始长出来。不仅幼犬的牙龈会感觉不舒服，它似乎也比以前更活跃。它玩耍的时间比以前更长，睡觉的时间减短了。幼犬会去咬所有的东西，特别是它们的群组成员，也就是您的家人。

它的行为不仅只是为了咬或玩耍，它也用这种方式去探索群中的等级制度，也就是说，谁是统治者。这就是为什么这一时期叫做等级分化阶段。幼犬总是试探您的耐性。除非您对它征求注意的要求作出积极的选择，否则它会想出自己的办法，就可能不是

和行为良好的犬接触是很重要的。幼犬会从其他犬身上学习社交技巧，因此，要给幼犬找一个好榜样。

值得肯定的方法了。

幼犬这时可能开始喜欢跑到外面去。以前它习惯在外出或是在室内的时候呆在您的身边，现在它开始四处游荡并且不听从您对它的召唤。如果幼犬从屋内跑到户外，它就会出去惹麻烦。外面有它可以捕捉的东西，有可以咬的东西。没有人的角落，真是撒尿的好地方啊。在户外，有松鼠和树叶可以追逐，还可以拜访一下其他的人和犬。世界广阔，它可以自由冒险。

您需要一直留意幼犬，不管是在室内还是户外。如果您不能一直看住它，就把幼犬圈在不会伤害到它、也不会让它惹出麻烦的地方。您也需要给它尽可能多的社交机会，让幼犬和其他犬玩耍，从多方面来说都是有益的。不仅可以让幼犬消耗能量，也使它不会惹麻烦，不过它仍然要继续学习成长为心智健全的伴侣所需的社交技巧。

一定要强化幼犬的正确行为，改变它的不良行为。只要有机会就要对它进行训练。幼犬的注意力时限会逐渐增长，但仍然要保持短时间的训练，记住，每次训练5分钟。

纠正不良行为

　　我在前面已经提到过幼犬的主人如何用敏锐的眼光去看护幼犬以及如何预防，这是避免发生不愉快事情的最好方式。这两点可以指引幼犬向正确的方向发展。不过有些幼犬已经具有一些不良行为，帮助幼犬克服这些不良行为以及避免可能随之而来的其他问题都是您的责任。

　　幼犬的大多数不良行为可能被拜访者或是您将幼犬带回家前的那些和幼犬玩耍过的人无意间强化了。没有什么事情比坐在一群小狗中间，让它们在身上爬来爬去、咬您的脚或是手指、跳到您的身上、拉您的衣服更有趣了。通过您对它们的关注和快乐的语调，幼犬只需要几分钟就会意识到

如果幼犬的社会行为良好，将它介绍给朋友和邻居。

这种行为是被认可的。

当您把幼犬带回家后，您的亲戚或朋友可能允许幼犬做一些您不希望它做的事情。

家庭成员间的矛盾是最常出现的问题。有人想和幼犬玩耍打闹，而这时其他人抱着幼犬并不想放它下来。您真的希望让幼犬以为您每次走过去拍它的头都是开始一个有趣的抢夺游戏吗？您是否听说过这句话："教育始自家庭。"这句话同样适用于犬。事实上，在幼犬即将来到您的家中时，

在家中，幼犬需要自己的安全地带——能让它感觉舒适并可以躲避麻烦的地方。

您的家人需要坐下来谈一谈关于怎样对幼犬进行训练和大家保持一致的重要性。

如果您正在读这本书，您就会明白在您训练幼犬前，您自己也需要学习一些东西。您需要了解一些基本知识，如幼犬主人的身份，怎样和幼犬交流，怎样保持一致性。当您学习了这些知识以后，就有必要把这些传授给所有可能和幼犬接触的人，特别是家庭成员。

使家庭混乱的第一件事就是幼犬的到来。幼犬会成为家庭纷争的焦点，然后，当问题恶化的时候，随着从这种愤怒中解脱，许多人就选择抛弃幼犬。实际上，在整个事件中幼犬是最无辜的。（有多少人会因为给自己的孩子换尿布和喂奶的争吵而把孩子抛弃呢？）因为在轮到谁带幼犬去散步，给它喂食，带它到外面排便上没有达成一致意见，幼犬就成为一次性用品而被丢弃了吗？我希望，您养一只幼犬是因为您真的想得到犬的陪伴。

无论怎样，幼犬不能随意丢弃。好好地喂养它是您的责任，它不能自己去做这些事情。在您的家中，所有

家人通过一致的方式对待它也是您的责任。记住，没有不好的幼犬，只有前后矛盾的、愚昧的主人。

如果您在寻找一种可以治疗幼犬所有不良行为并且可以预防产生新的不良行为的良药，那么试试这句话"重新开始"。现在，不要只是再三重复这句话而不动手解决或预防行为问题的发生，您一定要对它进行训练！在对它进行重新教导时一定要保持一致，其他人也要接受这一点，因为这是和幼犬生活在一起的方式。

我通常会在幼犬刚出现行为问题的时候进行解决。例如幼犬向上跳，舔或咬、啃、吠叫、追逐别人的宠物，我会用重新教导的方法纠正这些问题。所有这些行为问题在幼犬的日常玩耍中都是天性的表现。当幼犬们在一起玩耍的时候，它们会彼此咬、跳到别的犬身上，对着另外的犬吠叫，彼此追逐。这种行为只有在玩耍过于激烈、其中有一只幼犬因为疼痛

幼犬喜欢被抱着。抱着幼犬是和幼犬联系的重要部分，而且将会贯穿犬的一生。

叫出声来时才会被改正。如果幼犬引起麻烦而没有得到信息停下来，母犬通常会插手处理这个问题。这只强壮的幼犬如果继续这种不能接受的行为，就很难找到玩伴，因此，在听到其他幼犬疼得叫出声来或是其他幼犬为了避免被再次伤害而离它而去后，它就会学会让步。纠正不良行为的最佳方法，首先就是不能让幼犬认为人类是它的玩伴，在它们的印象中我们应该是它的妈妈。

妈妈可以容忍些许玩耍，但是很快就会用低吼或咬住它的脖子或鼻子来纠正幼犬的错误行为。幼犬妈妈的这种矫正行为的方式，人的父母使用时也有相同的效果。不过，我们并不需要低吼着用牙齿对付幼犬，这只会弄得我们一嘴毛！不过当我们模仿吼声的时候，可以用手对幼犬施加一些压力。

这对于纠正幼犬已经形成的不良行为很有效。怎样去预防要发生的行为问题呢？重新教导。又是这句话。让幼犬把注意力从您不希望它去做的事情上移开，指引它把注意力放在您希望它做的事情上。

常见行为问题的纠正

扑人／爬人行为

您的幼犬喜欢往人身上蹿，是因为这种行为曾得到过奖励和认可。刚开始，它这么做可能是想碰到您的鼻子，这是一种犬的问候方式。幼犬如果得到了话语奖励或是抚摸，它就知道了怎样去赢得您的关注。

有很多方法可以纠正这种行为，可以根据具体情况的不同选择不同的方法。克服扑人或爬人行为的最积极的方法就是重新教育。当幼犬向您身上蹿时，退开，并立即诱使它坐下。当它坐下后，表扬它并给予奖励。这样就很快教会幼犬，要得到关注，是要坐下，而不是跳到人身上。这也意味着，如果幼犬坐在您的脚边看着您时，您必须清楚它要做什么。如果您忽视它，它就会蹿到您身上来，这也是坐下来得到关注的最初目的。如果您在幼犬一坐下就奖励它，这种扑人的症状很快就会消失。您需要一直关注幼犬的行动。

现在如果其他家庭成员没有按照

躺下来和幼犬一起玩耍很有趣，但是您不能让它们爬到身上。

重新教导的技巧训练幼犬会发生什么呢？或许它们太小或许它们拒绝听从您保持一致的恳求？

您不能简单地插手帮助和重新教导，特别是当有人到您家中拜访，而幼犬希望对这个新来的成员有热情的问候的时候。在这种情况下，您要用尖锐的声音来重新教导幼犬。这种尖锐的声音会让幼犬立即意识到不能蹿。这时需要指导幼犬保持坐姿，因为其

他人可能不愿意这么做或是不知道该如何做。您听过多少次这样的话了："哦，它只是想表现一下友好"或是"没关系，我不介意它蹿上来，很可爱"，这些人并没有意识到他们正在强化幼犬的错误行为。他们并不了解这只可爱的幼犬会长成强壮的犬，到那时会弄得客人身上到处都是爪印、分泌物和补丁，或许会伤到客人，甚至还会成为您的朋友和亲戚不愿意常来

蹿到别人身上不是对别人表示问候的正确方式。

拜访的原因。

我发现最有效的声音是在罐子里放硬币的声音。这种罐子应该是锡或铁做的，不要用铝或塑料做的。

您可以用一个小的油漆桶、咖啡桶或茶桶，放15个硬币在里面，然后把上面的口封住，这样在您摇罐子的时候硬币就不会跳出来。您可以准备

3~4个这样的盒子，有计划地把它放在家中。最佳的地点是前门、屋门、厨房门和后门。

当幼犬向上蹿的时候，上下摇动罐子一两下，同时低吼"不"。当幼犬停止上蹿，你应该蹲在它身旁，诱使它坐下。这样就教会它在听到声音后作出正确反应。您不希望用

这个罐子吓到幼犬，但幼犬应当对这种声音保持警觉。不久您就会发现，这个办法对幼犬其他行为的改正也有帮助。

嚼/咬/啃

所有幼犬都喜欢啃咬。如果您的幼犬咬人，并不意味着它有攻击性。幼犬就像我们用手一样用它们的嘴。它们用此去抓、拉、摇以及品尝。这些是刚学会走路的孩子的共有行为，人和犬都是一样的。通过这些行为，学会如何和周围的环境沟通。通过您的反应和指导，使它们能够以正确的方式学会这些行为。

也许让幼犬咬您的胳膊或手指很好玩，但这是不正确的。因为幼犬会长大，这类玩耍会变得富有统治性，并且幼犬的下颌也会变得强壮，这样就会使您感觉到疼痛。幼犬尖锐的牙齿就足以说明以后会发生什么。幼犬小而尖的牙齿也是有原因的，这可以确保它们在下颌长结实前可以存活下来。

任何咬到人的事件都不是意外事件。不管您是否意识到，其实您都是以默许的方式或另外的方式允许它们这么做。您必须时刻注意幼犬会咬些什么。要让幼犬有足够的玩具，并且要一直留意幼犬。这样可以防止幼犬吃下有害的东西、咬到电线或是咬到其他人。

如果幼犬试图咬椅子腿，您可以摇动罐子或是对它低吼，让它把注意力从椅子上移开，或可以诱使它玩玩具。后者是有效停止这种行为的最有效方式，但也许是暂时的办法。幼犬必须知道椅子腿不是啃咬的玩具。要学会这点，幼犬必须接受正确的指导。低吼声和（或）罐子发出的咔嗒声足以威慑幼犬。

不过，有些倔强的幼犬会看着您，仿佛在说："让我玩吧，"然后回去咬椅子腿。

重新引导通常都可以达到纠正嚼/咬/啃行为的目的，但并不是百分之百成功。这种情况下，您需要和幼犬沟通。幼犬的妈妈是怎么纠正幼犬行为的呢？她会用嘴咬住幼犬的吻部或是脖子，施加一些压力，并且发出低吼声。

我们怎么来仿效呢？用手抓住幼犬的颈背部，面对着幼犬，发出低吼声。然后把它放下来，给它一个玩具

并和它一起玩游戏。这个方法结合了犬类交流和人类指导的技巧。这样幼犬就不用像在犬群中那样通过试验和错误来学习了。您为它的正确行为指出了方向，您可以用这些方法来改正它的嚼/咬/啃行为。

吠叫不停

虽然过多的吠叫并不是幼犬普遍的行为，但是可能日后会给您造成烦恼。大多数幼犬吠叫是因为它们玩得快乐或试图发起一个游戏。幼犬长大后，当您责备它的时候，它吠叫的意思是"喊回去"，嘿，是您先叫的！

因为大多数幼犬吠叫都和玩耍有关系，所以在它玩玩具或和其他宠物一起玩的时候，您没有必要去纠正它的吠叫。您可以给它一个啃咬玩具，这样可以让它闭一会儿嘴，不过如果您希望有一个安静的宠物，那么您就不要养犬！犬是非常活跃的动物，喜欢和外界交流。您能够做的就是让幼犬在恰当的时候"多叫"，可以是在玩耍的时候，也可以是在它长大一些时，发出警告的叫声，提醒你有什么事情出现了问题。为了引导幼犬形成正确的吠叫行为，当它在这些情况下吠叫时奖励它。不要因为它不恰当的吠叫而奖励它，而只需引导它做另外的事情。

追逐猫咪

如果猫在走动，幼犬就会去追逐它。这是捕猎动物的天性之一，我们称之为捕食动力。大多数猫会在捕食者面前跑开。只有少部分猫会保持不动，让它们自己看起来很强大，恐吓捕食者。这两种情况都可能给您的宠物带来伤害。

猫也有很强的捕食动力。它们有很强的自我保护能力和自我保护武器：爪子和利齿。

除非您的猫和幼犬是一起养大的，否则很难协调它们的关系。对犬的行为和活动都非常了解的猫咪知道它们不需要从幼犬面前跑开，一般也可以接受犬的行为。这时，猫在伸爪打幼犬时就会缩起尖锐的爪尖。猫可能会对幼犬发出嘶嘶的声音或是向幼犬发出呼噜呼噜的怒吼。对于大多数幼犬来说，这就足以让它离开。不过对有些幼犬来说，更可能会理解成是邀请它一起玩的意思。

对一些学习能力比较慢而胆子比

较大的幼犬来说，猫可能非常危险，您需要插手它们之间的纷争，并引导幼犬玩其他游戏；否则，幼犬很容易被猫抓伤。引导幼犬让它远离的一个方法就是用水枪射到它的脸上。这会让幼犬将注意力从猫身上移开，也会让它把这种不当行为和被水射击联系起来，这样就可以纠正追逐猫咪的行为。

重新引导也可以用在拔河游戏中。

和幼犬一起养大的猫喜欢发起这类游戏。

猫会去接近幼犬，蹭幼犬的身体，用摇动的尾巴蹭幼犬的鼻子，然后跑开。这是猫在邀请幼犬去追它，猫也喜欢让幼犬追逐它时在屋里惹麻烦。您没有忘记加菲猫那部卡通片吧？加菲猫喜欢让狗陷入困境！当猫跳上高处而幼犬够不到它的时候就会特别有趣，幼犬就会蹿到最近的家具上面，

猫通常都不屑于幼犬的示好，但幼犬通常都会坚持要和猫成为朋友。

向上蹿跃并吠叫。

这种游戏对您来说更让人头疼。这样屋里会很吵闹，也会把家中弄得一团糟。不过这也会很有趣，至少对猫来说是这样。阻止这类事情的发生其实没有什么意义，但是您可以为幼犬准备牵引绳并站在它旁边。当它被猫戏弄时，指引它玩玩具或是和它一起玩。幼犬仅仅是需要一些交流，而您这样做就会满足它的要求。如果它跑得比你快或是已经对猫作出反应，用脚踩住牵引绳的末端，让它停在那里，直到您能引导它去做其他事情。同时，用水枪喷射猫让它走开。教导猫对幼犬表现出正确的行为也很有帮助，这会在另外一本书中介绍！

这只幼犬正在观察一只猫，但是猫更喜欢与其保持一定的距离。

多才多艺的幼犬

通过这本书您已经了解了一些特别的主题：所有训练都要在积极的条件下完成，一定要时刻监督幼犬，它需要尽可能多的社交。所有这些事情都要通过服从训练、坚持观察和与其他动物或人类玩耍来完成。为了有一只多才多艺的幼犬，不要走捷径或让幼犬自由发展。幼犬不能读懂我们的

想法。它们通过经验学习，从其他人——我们人类那里得到知识。它们是有习惯的动物，会被环境影响。

防止分神

当您开始带幼犬到公共场所时，您一定希望别人因为它的良好行为而

当和幼犬出去散步时，它会对每件事情保持警觉和好

大量的活动和固定的玩耍时间会让幼犬充满快乐。

被它吸引。您也希望兽医能够在没有挣扎的情况下给它做检查。您想让它和其他犬一起玩，当然前提是它会很安全。

为了完成这些事情，您的幼犬不能分神。这对年幼的犬来说十分困难，因为在场的每件事物都会让它分神，从一个陌生人到一个在微风中吹动的叶片。再强调一次，关键是重新引导。如果幼犬关注其他事物比关注您多，给幼犬一点零食或是玩具让它把注意力转移回来；如果它真的坚持注意那些翻来翻去的东西，也可用一些东西

去引诱它。用一些奖品、玩具或是它感兴趣的东西奖励它，并要热情地表扬它。要教会它那些奖励来自您，而不是那些让它分神的事物。当您带幼犬到兽医那里时，用奖品或它喜欢的玩具将它从害怕的事情中移开注意力。每一次打完疫苗后，表扬它并给它特别的奖励，例如一片奶酪或是冻干的肝。为了让兽医检查，让幼犬呆在一个固定的位置，在它的鼻子附近放一个吱吱作响的玩具。让幼犬啃咬玩具可以让它从检查中分神。所有这些事情都会让幼犬认为兽医室是一个很有趣的地方。

如果您根本无法完成或不知道怎么做，或是您正在经历一件您觉得不能应付的事情，那么和专业训犬师联系，他会给你一个满意的指导。您永远不会理解，看着一只玩具一样的犬从训练有素的幼犬成长为一只优秀的成年犬是多么美好的事情。

和训犬师在一起训练

找到一位优秀的训犬师和临床医师或是内科医师是同等重要的。一位专业训犬师能很快找出适合您幼犬的

正确训练方法，应用积极的方式进行训练课程。例如，如果幼犬存在对其他犬有攻击性的问题，训犬师主张不要打它、吼叫或是抓它的脖子拖走它。幼犬不会理解这些行为，这样对待它们会使情形变得更糟糕。

所有的训练应该以幼犬能很快理解并喜爱的方式进行。这对幼犬来说特别重要，因为它们很容易对专横的训练风格产生恐惧。

寻找训犬师的时候，可以向养犬的朋友、兽医、美容师或当地的宠物店打听一下，优秀的训犬师会被大家提到。一般来说，被推荐的人是有训犬经验的人，或许在不同的动物专家之间有固定的工作关系，这都是好的迹象，例如训犬师可能会和兽医有工作联系。

训犬师有以下三个基本的类型：第一是低消费阶层，这一组包括4只犬或是更多犬，犬的主人，有固定的地点和时间进行4~10次训练，这要根据训犬师训练课程的目标而定。在这种情况下，训犬师很难解决特殊的行为问题，因为他必须保证整个组的进步。如果一个组中的犬多于10只，那么得到课程之外训练的可能性就很小

了，而您的体会或许就只是困惑。不过有些好的训犬师会对组的设置提供一些说明，您可以通过从兽医那里举荐或是在养犬俱乐部海报中找到。如果您计划加入一个通过宠物店介绍的训练组，应先看训犬师的证书。这种训练方式的问题是训练进程十分群体化，训犬师没有机会接近每一只犬，也没有机会对犬主人进行个别指导。

这种群组训练的另一个缺点是幼犬在4月龄以下时，还没有全部打完疫苗，不能参加训练课程。当到4月龄时，幼犬已经学了很多东西，如果您没有正确引导它，您所参加的训练

显露出机警表情的幼犬——要利用它的注意力，让它对您关注。

如果不给予幼犬足够的关注，它可能会恢复那些破坏性行为，因此要保证您的宠物和它喜欢的人——您，在一起的时间足够长。

组并不能为您解决幼犬现在存在的行为问题。

但是，如果您已经对幼犬进行了单独训练，不管是您自己做的，还是和训犬师进行了一对一的训练，那么加入群组训练就是一个好主意。

第二种训练方式是把您的幼犬送出去训练两周到一个月。这是您的幼犬训练花费最多的一种方式，而训练的收获也许只有一点点。如果您不得

不外出一段时间，并且不希望您的幼犬被关在笼中受苦，那么这就是一种好的选择。在您外出的时候把幼犬送出去训练可以给它更多的刺激和运动。不过，除非您对训犬师和训犬机构已经做了广泛的调查（例如参观了训犬机构并观看了训犬课程），否则幼犬很可能没有按您希望的那样接受训练。同时，在幼犬幼龄期及关键的磨合期把它送出去并不是一个好主意。让幼犬呆在您身边和您一起学习是很重要的。如果您不得不离开一段时间，而且没有别的选择，一定要做好预备工作。同参加过各种方式训练的人聊一聊，调查一下犬的居住条件。如果幼犬是被关在一个大笼子里，那里边还有许多等待接受训练的其他犬，那么它得到的关注和社交就会比较少。如果训犬师接收的犬的数量有限，最多是4只，那么相对可以保证您的幼犬接受更多的关注和社交机会，特别是当训犬师把犬带回自己家中时。

当训练完成后，您就要接受如何和幼犬相处的正确指导。根据不同情况，这可能需要1~4节课程。

第三种训练方式是让您的幼犬进行单独训练。这种一对一的训练方式

可以让训犬师解决您特别关心的问题，让训犬师为解决幼犬的行为问题提出最好的建议和帮助。有些训犬师甚至可以来到您家中，让幼犬对周围环境有详尽的了解。训练是针对您的幼犬和您的特点而设计的。您将学会如何训练幼犬，当发生困难时应如何应付。这种方式的训练花费会比群组训练的多一点，不过会少于外出训练，但是您的收获会是最大的。为了使训练有效，您必须在训犬师的建议下和您的幼犬一起训练，并且要完成定量的日常训练课程，即使在训犬师离开以后也要继续训练。

怎样区分优秀的训犬师和平庸的训犬师呢？首先，专业训犬师应该是专业训犬师协会的会员，例如国际训犬师联盟（www.dogpro.org）、宠物犬训犬师协会（www.apdt.com）或国际犬服从指导师协会（www.nadoi.org）。这些组织的会员一般都会使用最新的训练方法和训练工具。

当您寻找训犬师时，可以问一些问题。下面举一些范例以帮您找到理

一只年幼的拳师犬正在等待被塑造成有礼貌而且忠诚的伴侣。年幼的犬就像海绵一样吸收您所教给它的事物。

想的训犬师。

1. 您做专业训犬师有多长时间了？

专业训犬师意味着这个人是以此来谋生而不是做兼职工作。一个在此领域工作5年或5年以上的人，是致力于它们的职业并且具有丰富经验的人。不过如果有训犬经验超过10年的人就更好了。从事训犬工作越久的人，获得的经验和知识越多。但是，这也意味着这个人可能会用一些陈旧的方法，包括强迫或疼痛诱导反应来训犬。

2. 您的训练方法是什么？

训犬师应该能够描述他们基本的理念和训练方法，甚至可能为您提供一次观摩训练课程的机会。训犬有很多方法，专业训犬师不会只坚持用一种方法，应该使用最适合您的幼犬的办法。

每一只犬都是不同的，所以训犬师会针对不同的犬使用对它们最有效的方法，他会采用人性化的方法，不会造成伤害。训练方法单一的训犬师没有足够的经验去解决他可能遇到的

一位优秀的训犬师给每只犬足够的一对一关注，并使用积极的训练方法。

所有问题。

3. 您如何解决幼犬现在患有的特殊问题？

即使训犬师没有见到您的幼犬，他或她应该能够对幼犬怎样进行训练给您提供一些建议。

4. 您是否训练过有破坏性行为或是有攻击性行为的幼犬？

这一点非常重要，因为如果训犬师只使用一种训练方法，他不会对所有幼犬都有效。这位训犬师可能就不能解决幼犬的行为问题。如果您的幼犬有这类问题，在见训犬师之前您最好问清楚这个问题。

5. 您是否愿意教导幼犬主人如何与幼犬相处？

优秀的训犬师会花大量时间教您如何与幼犬交流和如何与幼犬相处。训练幼犬只是很少的一部分工作。面对训犬师时，幼犬当然会表现得很好。不过我们真正需要的是幼犬在您面前也能表现得很好。训犬师应该像熟悉训犬一样精通对人的指导。

6. 您的训练课程中是不是所有幼犬主人关心的问题都能得到解决？

有些时候群组训练课程并不是进行纠正行为问题的最好方式。群组训练通常关注的是基础行为。一对一训练可能会让训犬师有更多机会去解决您所关心的问题，除非您只想了解一下基本训练知识，否则一定要了解训犬师如何解决这些问题。

7. 您是否写过或是出版过与训犬有关的书、文章或是手册一类的出版物？

一个花时间去读和写与训练相关资料的人是能够真正投入到训练工作并且希望能尽其所能的训犬师。手册或其他形式的材料可以帮助幼犬主人学习，也可以在没有训犬师的情况下为他们提供帮助。另外，在参加训练课程的时候很难记下笔记，如果有这样的读物会对以后的训练很有帮助。

如果没有人能为您推荐训犬师，您可以在网上搜索，查找以下组织的成员：国际训犬师联盟（IACP）、宠物犬训犬师协会（APDT）、国际犬服从指导师协会（NADOI）、北美训犬师协会或是美国训犬师网站。所有这些组织的网站上都列出了长长的训犬师名单，可以在上面找到您居住地区附近的训犬师。另外您也可以访问K9Trainers.com 网站和美国养犬俱乐部网站。专业的训犬师都希望通过多种

媒体形式传播他们的训犬方法和能力，这包括书籍、文章等纸质的媒体材料和电子网站等形式。一般的搜索都会让您找到大量的训犬师名单。

外出活动

当您的幼犬完成训练之后，您就可以带它到任何允许的地方。在城市中长距离散步，在公园玩耍，去山中远足，在海滩上休闲或是参加犬展。如果您希望外出旅游或是把犬作为治疗犬，您需要获得一个规范犬类公民(CGC)证书。许多宾馆及出租行业更喜欢接受获得CGC证书的犬。CGC标志着犬已经通过了一系列测试并证明它非常友善，以及它在公共场所的行为非常规范。

如果您希望您的犬获得CGC证书，应和当地的养犬俱乐部或训犬师联系。他们一般都了解测试时间和地点。

如果您只是希望幼犬对您服从，体态良好，敏捷活泼，可爱等等，您可以再检索一下AKC，确定品种和俱乐部以及训犬师。通过AKC网页您可

最重要的是，您的训犬师必须是真心喜欢幼犬。

不管您去哪里，幼犬都希望能陪伴在您身边。在车中您必须为它提供一个安全的区域，例如一个箱子或是在车中隔开的区域。

以链接到相关的养犬俱乐部和犬类品种的网页。您就可以在您居住的地区找到合适的训犬师。

在旅游之前要做一些调查，以确保您的目的地可以允许带犬旅行。在出发前要做好计划，计划一下您和您的犬如何旅行，以及犬在旅途中如何住宿。网上有很多书介绍如何和宠物一起外出旅行。

如果您是开车外出，您可以把犬关在舒适的旅行箱中，或是系在座位上。这些方法既可以保证犬的安全，也可以保证您的安全。如果您突然停车，不希望伤害到犬，也不希望在开车时让它打扰您。如果您是长途旅行，每隔几小时停下来一次，让幼犬伸展四肢及排泄。当然，您也需要带上塑料瓶或是小铲子以清理犬的排泄物。当车行驶时，应该给幼犬一个安全的玩具玩耍，这些玩具应该不能被吞下或者让您分神。

如果是乘飞机旅行，您需要调查一下的您的航班以了解有关宠物旅行的规定。

通常宠物运输需要另外付费。如果您养的是一只小型犬，如果它适合

飞机座位可能被允许带到客舱。否则宠物必须呆在货舱，那里有压力和温度控制。许多飞机上有专门人员检查动物以给它们饮水，并确保它们在旅途中保持良好状态。在长途旅行中它们会给宠物喂食，如果旅途特别长，有些还会让动物们出来活动一会儿。如果旅行中您的宠物是在货舱，要把它关在机场提供的坚固的笼中，把幼犬的名字、您的名字、您的地址和您的电话号码写在笼子上。另外，还要填上犬旅行中可能需要的药物治疗、健康状况、行为特点。要确保在旅行前10天获得健康证明，在您的钱包中也要带上幼犬的相关证明。带上爱犬近期的两张照片（似乎我已经提到过这一点了）。通常有身份牌可能就够了，不过再带上微芯片或是文身标记也没坏处，安全总比遗憾要好得多。

现在您的幼犬简直就是一个天使了，它在任何情况下都会很乖。它可以陪您到任何地方。它是最完美的伴侣和朋友，而所有这些只需要花5分钟时间训练！

行为良好的犬可以作为治疗犬为他人带来慰藉、欢乐和爱。